U0033290

自轉星球

在自己的小宇宙裡

用眼睛

看見世界真實的樣子

推薦序

小說？為什麼不？

作家、前編輯人
陳雨航

作者開頭就透過第一人稱「我」說了，小說與回憶錄的差別是「真實」。不能做到真實的回憶錄作者，「便等同於背棄了回憶錄作者與讀者之間的唯一約定」，接下來的批評相當嚴厲。「我」是寫小說的，但種種因素進行不順，於是寫起回憶錄。

關於「我」的回憶錄，這部分的敘述主體（相當於一桌菜的食材）頗為可觀。

回憶錄多是自我註解，但往往存在觀點上的差異所產生的誤會或出入。本來成年人回憶過去（特別是童年少年時期）就會有大人的邏輯和小孩的行為之間的落差，因而生出相異的趣味。但這部作品的這部分（一個女孩的成長心理和生活細節，其實不見得輕鬆），還得加上「我」相對冷靜的回顧，彷彿是帶著一種冷冷的眼神看著另一個自己，再帶一點自嘲的意味。而那些轟轟烈烈的友情、愛情、欲望等等都在似知未知的色彩中暈開，然後消褪在時間的雲裡霧裡。文字則是活潑跳躍，兼或辛辣，作者不那麼愛用成語，對許多人習慣的用詞用語也常常質疑反思。

得說這部作品具有雙重體質。一重是上述回憶錄敘述主體內容；另一重是「我」一面寫回憶錄，一面闡述各種狀況的處理並檢討書寫內容的意義等等。

此作有寫作方法的技術指導，或可稱回憶錄的 step by step。一面寫，一面告訴我們回憶錄是怎麼寫的，遇到的問題障礙困難等等。往事要核實，要印證，「我」因此要尋找小學同學、離婚的爸爸媽媽，讓他們看關於他們的敘述。

這部作品的閱讀樂趣或者閱讀特點是作者透過「我」的評論或註解句子，她看過的書，她服膺的作家及其言論，以至於她讀過的童話原型以及更改的某些名著童話結局。

而這些評述、言論和引述，通常以故事的方式帶出，穿插在長段的「回憶」內容之間，無有扞格之感。

說小說寫不成，乾脆來寫回憶錄，最終卻又寫成一部以回憶錄為名的小說，看來似乎是一種弔詭，其實不是，她一開始就將它當小說寫了（你我都知道）。沒錯，這是一部小說。小說可以這樣寫：可以真實與虛構混和，可以不必順著時序，可以呼喚夢境，可以實施影像的錯置，可敘，可情，可論，可評，還可以回頭追究它的意義……小說的世界是這樣的無限寬廣，那是作者和許多小說嗜讀者的兔子洞。

小說？為什麼不？

我們也可以在這部小說的行頁間讀到寫作本質的問題，感受到作者對此念茲在茲的心情。她有不少觀念的敘述和舉例都很精彩，在此我只能選一兩個重點來引述。

那一些關於寫作的心情，作者透過電影《火線追輯令》（SE7EN）那一段場景及其他段落，說出：

「為了鋪天蓋地記得而寫，為了鮮靈活現記得而不寫。但到頭來，能讓你明白自己發生了什麼事的，不是記憶，而是語言。比例尺小於一時，地圖才會現出用處。你必須選擇，必須縮小，必須捨棄，必須創造，必須決定你的位置，必須有觀點。你懷疑世界對你提不起興趣，只好從所在之處出發尋找安頓自我的地方。你變成蜘蛛，變成毛蟲，想像死亡，變成神，俯瞰自己，終於明白人的凝視可貴在它的局限，如同你的地圖。」

……

這讓曾經醉心於書寫的人們，回看那些拚命試圖留下來的記錄，未完成作品，甚至於已發表的「少作」，那種微妙心情，甚有感。

這也是一本談論寫作者的倫理之書，書名「進烤箱的好日子」是將頭放進烤箱裡自殺。

「任何影像，聲音，文字，廣義的記錄都是一種對上帝的褻瀆，一旦有了不朽的念頭，大家都得進烤箱。」

挾帶創造力、話語權的書寫者當時時自勵，頭上有劍，劍懸一絲。

《進烤箱的好日子》是一部易於進入，但又會帶來多一點想法的小說。

進烤箱的好日子

我第一次覺得，乾脆來寫回憶錄，是在我對小說的虛構性產生越來越多問題的時候。

我一向自詡為小說作者，對回憶錄充滿了懷疑。讓我這麼說吧：在我心中，小說與回憶錄的差別只有一點，那就是「真實」。回憶錄作者寫的東西是在他們認知中真正發生過的事情，「真實」是他們的職業中心德目，只能寫對自己為真之事。如果做不到，也就是說，他在回憶錄裡撒謊了，或加入了一些想像的情節，便等同於背棄了回憶錄作者與讀者之間的唯一約定，那他的回憶錄就是失敗的。讀者不應該主動幫他把回憶錄讀成小說，他更不會因此成為小說家，他只是一個下流的回憶錄作者。

小說用各式技巧將發生過的跟沒發生過的兩坨麵糰揉成一坨，小說家不必回答有關小說真實性的問題，而問小說家作品是否為真的人將受到永世無法領略小說之美好的嚴厲懲罰。

寫回憶錄是一筆與惡魔的交易，它依賴個人魅力與天份。這裡的天份指的是你的命運，那些已經發生的事。所以人們有個錯覺，總以為回憶錄是名人或老人在寫的，因為老人命長，發生過的事多，而名人通常富有個人魅力。但只要你不在乎有沒有讀者，任何人都可以寫回憶錄（其實不在乎有沒有讀者的話，寫什麼都可以）。

小說家歐康納說：「任何熬過童年的人都有足夠支撐他後半輩子的人生素材。」從這角度看，回憶錄作者不需要也無法精進自己，唯一的條件大概是記憶力要好一點罷了。

我已經不記得我什麼時候開始寫〈不知道的人搖著他咚咚發響的頭〉這篇小說了。寫到現在文字檔案上顯示是8328字，差不多是15張A4紙的長度，印成書大概就是一本建案宣傳手冊。我會寫這麼慢的原因是我對自己偷渡進角色內心這事戒慎恐懼。寫到約莫5000字開始，我知道主角72.63%的經驗是我，寫到10000字，主角說話的口氣，對事物的反應，敘事者選擇看見的，忽略的，全部都是我。好不容易寫到快40000字，某次重讀後我突然決定角色如果是獨立的話，他的內心是無法得知的，於是我把「他覺得」、「他心想」、「他決定」、「他希望」、「他知道」等句子全數刪除，然後我刪去了「應該」、「了解」、「故意」、「不由自主」等詞後面的段落，接著我刪去了所有全知敘事者的部分，再來我刪掉明白的譬喻，最後我連「愚蠢」、「無聊」、「心動」、「忠實」等詞都刪了，並考慮是否要刪掉小說名裡的「不知道」三字。小說晃晃剩不到四分之一，到現在我已經呈現放棄的狀態，整篇小說越看越厭煩，像在看一個屁也不吭一聲的實況主，人生24小時直播。他起床，他坐在桌子前，他舉起筷子，他對鏡子眨眼睛，他在睡覺時喊個了「幹」

字，老實說，小說很難看。

我不確定自己的人生是否比他有趣，但我覺得那小說家說的話很有道理：任何熬過童年的人都有可以寫一輩子的東西。我還是想完成那篇小說，我只是有點疲乏，鎮日在人稱代名詞對故事視角的限制裡繞個不停，想要找到逃避寫自己故事的方法卻無解，我想從小說裡休息一下，於是我想，眼看我防堵自己滲入小說角色內心這事是要失敗了，不如來寫回憶錄，倒也還名正言順。

○

小學四年級的時候，我爸跟我媽離婚了。我爸媽離婚前一點跡象也沒有，從我有印象開始，他們兩人總是有說有笑。只有幾次我晚上從房間出來看見我爸跟我媽坐在客廳裡，桌上攤著幾堆紙，我覺得家裡怪怪的，也說不上來到底是哪裡怪，那時我以為是電視沒有打開的關係。聽來很不可思議，但我得說，一次，到我爸媽跟我宣布他們離婚的那一刻前，我一次，一次都沒有看過他們吵架。

當時我有個同學叫周可儀，有時候她一早來上學臉部表情不太友善，我問她怎麼了，她會說出「我爸媽昨天吵架害我沒有睡好」這種大人得要命的回答。哪一個四年級小學生會在乎自己有沒有睡好啊？沒睡好表示很晚睡，根本就是炫耀啊。我問她「為什麼？」

「因為我一直坐在房門口，確定我爸沒有殺掉我媽，到最後他們都去睡了我才敢去睡。」周可儀說。我則因為這種回答太超出我理解範圍而說不出話來。

後來有一次我到周可儀家，我們在她房間裡脫紙娃娃衣服時，聽到外面客廳傳來她爸的吼叫聲。周可儀爸爸整天都在家，她媽媽在隔壁自助餐店幫忙。周可儀這麼說——「幫忙」——好像她媽在家睡好吃飽電視看膩出去透氣時剛好遇到隔壁人家拜託她看個爐火翻個鍋鏟一樣。現在想起來，她媽的職業就是自助餐店廚師，而且還是一人養全家的工作。說到幫忙，真的該幫幫忙的是她爸吧。總之在她家如果剛好遇到她媽，我們就可以拿到幾個油膩膩的十元銅板去外面投飲料喝。

那天我們進到她家時，他爸坐在客廳的太師椅上，前面茶几上有一整片的啤酒罐，地上也有。我還沒說周爸爸好，周可儀就拉我進去她房間。沒多久外面便傳來吼叫聲，周可儀站起來好像想去把房門鎖起來，但她的門把整個不見了，取而代之的是一個拳頭大小的洞，可以直接看到外面。周可儀從地上撿起一隻夾娃娃機夾到的小豬布偶塞到那個門把洞裡，她爸媽的聲音瞬間變遠，但還是聽得清楚，因為門旁邊的牆板也破了一個洞。

那是我第一次聽到別人的爸媽吵架。別人爸媽吵架這事你常聽說，但要遇上簡直像目睹海龜產卵一樣稀奇，大人都關起門來吵，你通常只聽過自己爸媽互吼，而我是連我爸媽吵架都沒見過。那天我第一次聽見周可儀爸媽吵架，周爸爸怒罵七個字的髒話最少三分鐘，到最後我覺得七字經加上句末的「咧」聽起來有點像唱歌。周媽媽則大喊「死死好了」、「膨肚短命」、「夭壽」，之後周媽媽一直尖叫，接著是砸重物的砰砰聲，我驚恐地看著周可儀，她對我聳聳肩，我心想：「以後你說啥我都信你了。」

我爸媽吵架跟周可儀爸媽不一樣，根據我爸媽的說法，他們不吵架，他們溝通。

○

為了逼近真實，我認為回憶錄作者該具備的基本美德之一是告知。我必須把關於周可儀的段落拿給她過目，確定她對此沒有問題。問題是，我跟周可儀三四年級同班，五年級重新分班後我就再也沒見過她了。我小學唯一還有聯絡的朋友叫做徐文芳，她是我五六年級同班同學，說有聯絡也只是彼此加了臉書而已。我小學一個年級有十二班，因此徐文芳很可能根本不認識周可儀。

我丟了徐文芳一則訊息，問她認不認識周可儀。沒想到她很快回了：「不認識耶。」我想了想又問：「你有跟任何一個小學同學聯絡嗎？」她回：「沒有耶。」

臉書上大概有十個左右的「周可儀」，但沒有一個頭像長得像我印象中的周可儀。我給其中三個看起來有在活動的帳號傳了訊息：「你好，請問你是百工國小畢業的嗎？」突然螢幕上出現徐文芳回訊：「你呢？」我在回覆欄打上：「也沒有。」正要送出時，我靈光一閃。

19 —— 18

○

徐文芳是我小學五六年級的同班同學，她家就住在我家對面，嚴格說來，應該說我家面對的是她家後門。她家是賣油漆的，她爸總蹲在後門用噴槍試漆，一走進我們那條巷子就可以聞到香蕉水配上噴槍「喀、嘶——」、「喀、喀、嘶——」的聲音。可想而知，我第一次知道賣油漆是個職業，就是從他們家開始。

當時我媽載我去買麵包的路上有一間油漆行，開在大路邊，招牌上寫著：「明星油漆行」。不知為何我一直認為那就是徐文芳她家前門，也不管「她家後門在我家對面，前門卻在我媽開車至少五分鐘才會經過的地方」這種事到底邏輯在哪裡。小學生的想像力經常建立在無知上，也不是全然的無知，大概是連連看找不到最好的答案時，退而求其次硬連的那種無知，這種無知出於一種求知的本能，有時頗富詩意。

在五年級跟徐文芳同班之前，我早認識她了。低年級的時候我們還滿常一起玩，但都是她來我家，她媽媽不喜歡我去她家。我很早就感覺出她媽媽不喜歡我。大人的敵意再明顯也不過，尤其當你是個小孩，他不用跟你客氣的時候。當時我不知道為什麼，現在我也不知道為什麼。

徐文芳跟我很不一樣，她學鋼琴，便服日會穿洋裝。她的頭髮總是綁了很緊實的公主頭或馬尾，繫上蝴蝶結。總之就是露出整張臉，絕不會有頭髮掉到臉頰旁或額頭上。如今聽到有人講鵝蛋臉或雞蛋臉，我第一個想到就是小學時的徐文芳，那臉的形狀像顆「閱」章蓋在我腦袋裡「蛋臉」一詞上。小學有一陣子我畫的人臉都是先一個橢圓，然後在橢圓上半畫個麥當勞美人尖，畫的時候也是想到徐文芳。

徐文芳的鋼琴彈得很好，我打電話找她玩五次會有三次遇到她媽說：「今天不行，文芳要練琴。」後來我們漸漸不太一起玩了。

五年級第一天，我發現徐文芳跟我坐在同一個教室裡，她跟幾個女生坐在一起，顯然是她前一年同班的朋友。我跟她揮了揮手，她假裝沒有看見。

升上五年級前的暑假，每天晚上睡前我都在告訴自己要改頭換面，不是外表的改頭換面，而是我不要再當三四年級的我。被女子團體討厭實在太辛苦了。四年級時班上好幾個女生組了一個叫「兒童會」的組織，薛美琪是會長，每節下課她們都到女生廁所開會，「兒童會」的存在宗旨只有一個，就是不讓我參加。一開始我還不斷問薛美琪為什麼，後來她們經過主題是如何有效將外掃區掃把擋在廁所門口防止我闖進去的五十次廁所會議後，在一張作業紙上洋洋灑灑寫了十點我不能參加的原因。老實說我現在只記得其中兩點，我記得總共有十點是因為那是我第一次聽到「十大罪狀」一詞。

當天回家我跟我媽說我想轉學。我媽躺在床上，一手拿著菸，一手拿著報紙。她問：「為什麼？」「因為我同學不喜歡我。」我哭著說。

「搬家要錢，我們沒有錢。」我媽說。

聽我媽這麼一說我突然不哭了。從那天晚上開始，我睡覺前都在對自己說話，對一個我不知道是啥的對象說話，說了非常非常多的話，我對自己的信心達到一個空前的境地，沒有人可以幫我，改變只能靠我自己，一切外在的改變都要從今晚厚重的棉被捲裡我睜著雙眼握緊的雙手跟告解開始。

我可以先告訴你結果，以那個暑假為分水嶺，我五六年級的際遇跟三四年級有著一百八十度的不同。

五年級第一天，我突然變得比同學成熟，身高也多了十公分。導師開始在課堂上說我很幽默，當大人用「幽默」形容你時，你就跟同學分道揚鑣了。我感覺自己之於同學成了一種大姐姐般的存在，彷彿我是個被留下來念五年級的國中生，功課好是必然（畢竟這些她都學過了嘛），處事圓融是必然（就比較成熟啊），幽默是必然（大人的笑話只有大人聽得懂），成為二房東是必然（房東不在的時候房租都交給她），不成為箭靶是必然

（你會去討厭夏令營裡的小隊輔嗎）。

我與徐文芳沒有同掛過，她有她自己的小圈圈，我沒有，我的圈圈是自己，也是全班，包含她的小圈圈。我不會打電話找她來我家玩，有時她不太確定回家作業是什麼的時候會打電話問我，偶爾看到她媽騎摩托車出去送貨時我會說「徐媽媽好」，她媽會對我微笑。她爸依然在後門用噴槍試漆，我一轉進巷子就可以看到巷底的柏油路面上閃著各種白銀青綠的反光。

升六年級的暑假，我媽第一次幫我報了夏令營，三天兩夜後，我在台北車站北三門前下遊覽車，我媽抓著我的手等紅綠燈過馬路時臉色凝重地說：「徐文芳媽媽死了。」

「蛤？」我說。

「今天早上，他騎摩托車被貨車撞到。」

「我剛要出門接你的時候，看到徐文芳坐在他家後門口，眼眶紅紅的。我問他他說爸爸去醫院了還沒回來。他好像還不知道。」

「那你怎麼知道？」

「李婉琪他媽媽打電話告訴我的。」

「李婉琪他媽怎麼知道？」

「菜市場精品店的阿茹告訴他的。」

聽到菜市場我就沒再問下去了，顯然整個一心里都知道了。

我坐在我媽車裡想，我最後一次看到徐媽媽是什麼時候。應該是我要去夏令營前兩天早上，我媽要我去巷口買早餐。徐媽媽也在早餐店裡。她看到我說：「來幫媽媽買早餐嗎？好乖。我們家文芳還在賴床，都叫不起來。」自從我不跟徐文芳玩後她媽就對我很友善了，我記得老闆拿給她三杯溫豆漿，兩個饅頭夾蛋跟一套燒餅油條。

我試著去想如果我是徐文芳。媽媽死了，她不在了，不會再出現了，我轉頭看著帶著墨鏡與袖套正在開車的媽媽側臉，馬上感覺到有股溫熱的液體浮上眼睛四周，眨眼便是一滴眼淚，我趕忙轉另一邊看向窗外。儘管如此，只流了一滴眼淚並可以輕易轉頭看向別處的我，不知道自己其實還是不能以想像來理解媽媽永遠不再出現了這事的。

窗外風景越來越熟悉，車子在紅燈前停下來。「好像是在前面被撞的。」我媽說。我往前看，發現正是麵包店那條路，「明星油漆行」的招牌就在那裡。當時我已經要六年級了，早知道明星油漆行不是徐文芳家的前門。但在那個下午，我坐在車裡無法克制地想：坐在後門紅著眼眶的徐文芳，只要站起來穿過家裡跑向前門，就可以比整個一心里先一步到媽媽身邊了。

升國中的暑假徐文芳搬走了。後來臉書開始流行，我媽開了帳號，大概也是李婉琪媽媽到精品店阿茹到一心里菜市場彷彿連連看一樣的神祕路徑，我連上了徐文芳。就只是連上而已。打過一次招呼，我知道她現在是鋼琴老師，她知道我在廣告公司工作，她不知道的是，我寫小說，還想把她寫進回憶錄裡。

29 ——— 28

我發現這一段的存在基礎很薄弱，徐文芳這人跟她帶出的回憶對我人生的重要性在哪裡？如果一開始找了到周可儀，而沒有在臉書上與徐文芳傳訊，我還會寫她嗎？也許會，但不會是這樣的寫法。

這麼一想，我對於要將上面這段拿給徐文芳過目的想法便覺得輕鬆一點。我沒有去細想，如果我是徐文芳，讀到這一段會是什麼感覺？現在的我似乎比小學六年級還沒有同理心。但我的意思是，拿給她讀我就知道答案了，讓自我審查從把東西丟出去後再開始吧。

根據我寫小說的悲慘經驗，書寫是連動的，下一段要頂著上一段的網羅，上一段要穩坐下一段的肩頭。拋棄內部邏輯的寫作沒什麼不行（有時還是一種能力），但就是難看。作者跑單幫的小說都能在對戰內心戲之下刪去一半以上了，更何況是要對戰他人記憶的回憶錄？我決定且戰且走。

「哈囉，」我又傳訊給徐文芳：「我在寫回憶錄。有一段是關於你的，想請你看一下，確定沒有問題。」

「回憶錄？？？」

「對啊。」

「是什麼功課嗎？」

「也不是。就是自己想寫。」

「一切都好嗎？」

我知道她這麼問的意思，我沒有得到絕症或想死，但看到她傳來「一切都好嗎？」的那一刻，我竟然有點感動，有點遲疑是否要把文章傳給她了。

「沒事啦，我一直對寫東西很有興趣，只是一小段，想請你看一下。」

「好。」

我將寫她的段落剪貼成一個文字檔傳給她，當時是晚上八點半，我想像徐文芳坐在家裡穿著睡衣對著電視滑手機。她臉書上有時會放她教學生的照片，不同小孩場景都是同一架鋼琴，同一個節拍器，同一個立燈，同一個角落空間，應該就是她家。

過了非常久的時間。我已經開始寫下一段了，螢幕上突然出現徐文芳的訊息：

「你要出書嗎？」

「沒有吧。」

「我沒有假裝沒看見。」

「？」

「五年級第一天打招呼那邊。」

我以為她會對我寫她媽媽車禍的部分有意見，結果竟是有沒有故意還是不小心沒打招呼之類的事。

「ok我知道了。」我斟酌回傳這幾個字。

我該刪去「假裝」兩字嗎？差別在哪裡？

五年級第一天，我發現徐文芳跟我坐在同一個教室裡，她跟幾個女生坐在一起，顯然是她前一年同班的朋友。我跟她揮了揮手，她~~假裝~~沒有看見。

我走進五年級的教室，看到徐文芳坐在角落，另一個女生（我後來知道她叫張青文）站在旁邊玩她的鉛筆盒。徐文芳看著我，我向她揮手，她移開視線。

如果沒有「假裝」兩字，這一連串的記憶都得消失。

我有可能記錯嗎？當然有。但我沒有。我想了一下，我不願刪去我的真實，但我可以加記她的真實。

五年級第一天，我發現徐文芳跟我坐在同一個教室裡，她跟幾個女生坐在一起，顯然是她前一年同班的朋友。我跟她揮了揮手，她假裝沒有看見。不過後來徐文芳告訴我，五年級的那一天，她是真的沒有看見我。

真實未免也太囉嗦了！

「我不太記得我媽車禍那天早上的事了。」

「我也是聽我媽說的。」

「你媽還好嗎？」

「很好。她工作還是很忙。」

「你爸呢？」

「應該也不錯啦，我比較少跟他聯絡，他又結婚了。」

「我不喜歡徐文芳這名字。」
「不然你自己取個名字，我就用那個名字。」
隔了十分鐘。
「我想不出來。」
「那我可以繼續用徐文芳嗎？」
「好吧。」
「謝啦。」
正當我想關掉與徐文芳的視窗時，一排字跳了出來：
「十大罪狀的其中兩點是什麼？」
我從下一段回憶錄剪了一排字貼上：
「一是我太愛跟男生玩，一是我太驕傲。」

○

我小學四年級收到的十大罪狀其中兩點，一是我太愛跟男生玩，一是我太驕傲。這兩點有個重複字：「太」。過量。超出。踰越了兒童會成員認為身為小學四年級女生應該遵守的分寸。也就是說，我跟他們想像我該是的樣子不一樣。

一年級的時候我們班上有個男生叫朱國軒，朱國軒不一樣。他會無緣無故大叫，大家玩紅綠燈時抓到他當鬼就氣到在操場上打滾，要不就是在別人跌倒時笑到發出豬的聲音。他講的話我們也聽不太懂，因此他經常很生氣，有時還會打人。開學沒多久，班上四十幾個七歲小兒基於趨吉避凶的天性，知道要離他遠一點。有一天，郭老師要朱國軒去廁所提桶水回來，當時朱國軒心情不錯，開開心心地去了。老師把門關上，壓低音量對全班說了一段話：

朱國軒很特別。他跟你們不太一樣，但不代表他不想跟你們一起玩。我們每個人也都有跟別人不太一樣的地方，朱國軒有時候比較粗魯，他不是故意的。他的心地是很善良的。

我記得非常清楚，因為這太不尋常了。當時門窗緊閉的教室氣氛像是老師跟我們說了一個天大的祕密，為了成為保守祕密的一份子，你必須在不揭露祕密的前提下實踐你對祕密的了解，那就是「對朱國軒好」。朱國軒提水回來後的那節下課，全班衝到走廊上要朱國軒玩這個，來這裡，做這個，朱國軒笑得傻傻的，「受寵若驚」是我之後才學到的成語，就是那節下課朱國軒的臉。

不一樣的小學生多如牛毛。小學二年級坐在我旁邊的趙佑純有個幻想的朋友叫乖乖，乖乖是一個國王，每天都會跟趙佑純討論他今天要處死誰。李婉琪生日的時候，我跟趙佑純還有何青娥去她家吃蛋糕，沒多久趙佑純媽媽先來接趙佑純，我跟何青娥在玩李婉琪媽媽的錄音機，何青娥突然神祕兮兮地說：趙佑純忘記把乖乖帶回家了。我說：你怎麼知道？何青娥說：因為她剛才回家的時候沒有說「乖乖我們回家吧。」所以乖乖一定還留在這裡。之後何青娥開始疑神疑鬼搞得我們沒辦法好好錄音，最後我們只好打電話給趙佑純，確定乖乖有附在她拇指上跟著她回家才鬆了一口氣。

還有一個叫張正傑的男生，有一次我看到他下課在操場旁邊的小園圃裡用手指挖土，我問他在挖什麼，他說他在找「斗問」。旁邊他撥得亂七八糟的黑土堆裡，肥滋滋的蚯蚓用慌張的速度努力想再鑽回土裡，還不只一隻。

「蚯蚓會吃斗問。」張正傑頭也不抬地說。我以為他在找的斗問是某種埋在土裡的植物，像番薯或蘿蔔。

「斗問長什麼樣子？」我問。

「我找到你就知道了。」他說：「你看！土龍！」

他從土裡抓出一隻東西，在我看來就是另外一隻蚯蚓。「那是蚯蚓吧？」我說。

「不是，是土龍。」他說。「你看，土龍的頭這邊是紫色的。這是土龍。」

「蚯蚓、土龍跟斗問長得都很像。」張正傑說。

我想：原來斗問不是吃的。後來我才知道我聽成斗問的tōo-ún是蚯蚓的台語。張正傑信誓旦旦其中微小的不同，像蚯蚓怕水而tōo-ún不怕，tōo-ún的環可以看到內臟而土龍與蚯蚓都不行之類。因為張正傑的關係，我們教室旁邊那塊地種的東西長得特別好。

現在看來，我的確比較喜歡跟男生玩。讓我告訴你當年百工國小四年七班女生下課玩什麼：躲在他媽的女廁所裡開會！

兒童會成員將那張十大罪狀拿給我時，我說：我看不懂你們寫的。薛美琪只好走過來把紙壓在桌上一點一點大聲唸出來，我拿起旁邊的原子筆，她唸一項我就劃一項，接著在紙上亂塗一通，戳了幾個洞，最後我抓起整張紙揉成一球，大力往薛美琪砸去。

○

我決定在模糊人名地名時間的前提下，回憶錄作者不必追殺每個出現在回憶錄裡的人，硬要盡到告知的責任。那實在太累也太不切實際。像朱國軒、何青娥、李婉琪、趙佑純、張正傑甚至薛美琪，他們在這一段之後不會再出現了。如果他們有一天真的讀到了我的回憶錄並認出假名後的自己，跟我聯絡抗議我的記憶有誤，那麼我會非常誠懇地跟他討論並對改版時的修正保持開放的態度。

還有一件我在寫回憶錄之前沒有想過的事，起因是郭老師閉門對全班說的話。老實講，我不可能一字不差地重現那段話。與許多其他的話一樣，我記得的是一個形狀，大概是「大概是這個意思」這個意思。我記得重點。重點是，朱國軒跟大家不一樣，重點是，朱國軒不壞，大家要對他好。因此郭老師那段話內容是郭老師的，但話是我的。這也是為什麼我沒有用「」把那段話框起來的原因。

這樣說來，回憶錄不是99%的對話都無法放在「」裡了嗎？我絕對是無法一字不差重現別人在那個當下說的話啊，連我自己說過的話都不可能了。沒有「」的對話也不是不行，就是讀者要辛苦一點，要更專心，才知道自己站在哪裡。

我試著改寫這段：

當天回家我跟我媽說我想轉學。我媽躺在床上，一手拿著菸，一手拿著報紙。她問：「為什麼？」「因為我同學不喜歡我。」我哭著說。

「搬家要錢，我們沒有錢。」我媽說。

把「」去掉後：

當天回家我跟我媽說我想轉學。我媽躺在床上，一手拿著菸，一手拿著報紙。她問：為什麼？因為我同學不喜歡我。我哭著說。

搬家要錢，我們沒有錢。我媽說。

不專心讀會以為我媽的問句是「為什麼？因為我同學不喜歡我。」少了「」的對話像是少了隔間的房子，十個句子在大通鋪上滾，很難分辨誰手誰腳。

或者我可以自己發明新方法：

當天回家我跟我媽說我想轉學。我媽躺在床上，一手拿著菸，一手拿著報紙。

我媽——為什麼？

因為我同學不喜歡我——我哭起來。

我媽——搬家要錢，我們沒有錢。

「——」這種符號視覺上有點具象，很像把手伸得很長很長，搞得前面的「我媽」兩字有點像穿著肉胎衣的現代舞者，後面的「為什麼？」與「搬家要錢，我們沒有錢。」則充滿了不必要的吶喊感。

另一種方法：

當天回家我跟我媽說我想轉學。我媽躺在床上，一手拿著菸，一手拿著報紙。

（為什麼？）我媽。

（因為我同學不喜歡我。）我哭起來。

（搬家要錢，我們沒有錢。）我媽。

基於括弧（）與內心戲的常見連結，把對話放在括弧裡會變得無聲，好像我跟我媽是某種異能者在家裡只用腦波溝通。

或者我可以發明新動詞，選個已經存在的字，賦予它新的意義：

當天回家我跟我媽說我想轉學。我媽躺在床上，一手拿著菸，一手拿著報紙。「為什麼？」她訫。「因為我同學不喜歡我。」我哭著訫。

「搬家要錢，我們沒有錢。」我媽訫。

作者註：「訫」是用話來顯示一個大概的意思。不保證與實際說出的話一字不差，但重點與內容是相同的。適用於回憶錄等文體。

「訫」字讀「信」，是信的古字，我看到它又是「言」又是「心」，且意思是「誠實」，覺得真是太妙了，這不就是個一條龍也似將我賦予它在回憶錄裡的新義全包了的字嗎？結果一放進去怎麼看都像個「恥」字，好像我媽跟我兩人躲在棉被裡為我的人緣不好與她的沒錢抱頭痛哭一樣。

我想我的問題是，無法一字不差地原音重現，在回憶錄裡是撒謊嗎？與其說這是撒謊，不如說是某種程度的失真。關於這點我決定以兩個原則分頭進行：一是只要我沒有隱匿或撒謊意圖，就不要再去思考這個會阻礙我前進的問題。二是用各式各樣的技巧，繞過使用「」的時刻，或用各式各樣的技巧，合理化使用「」的時刻。

「對啊。請問你是？」這時其中一個「周可儀」傳了訊息過來。

「我是你小學同學。」我打了這行字。

○

我媽是職業婦女，她的頭銜一直在變，從「保險經紀」到「外商業務」到「創業顧問」，最新的一個是「人生教練」。她的專長是站在不知道從哪來的浪尖上，等人多了她就跳船，在各個層面都是。她的真正專長是說話。

我媽對我人生的第一個重大決定是她的語言。比如說，從我出生開始，她拒絕用幼兒語言跟我說話。不只「坐車車」、「吃飯飯」、「加辣辣」等疊字不會出現在她與我的對話裡，她也不用高頻的鼻音與簡化的句子。

這事對我影響為何我無法說，不過我懷疑「無內建寶寶語」在我到了十三歲開始嘗試與無血緣之人建立親密關係時，必須悲慘地從頭學習「裝可愛」這個重要技能一事脫不了干係。

因為寶寶語不存在，所以我在上學之前，使用的是「陰道」與「陰莖」、「卵巢」與「睪丸」（而且我唸「高丸」並糾正那些唸「搞丸」的男生）。還好我媽在教我「小孩從哪裡來」的時候突然福至心靈，除了「性交」之外又多用了「做愛」與「親熱」這兩個說法。

我第一次聽到「雞雞」，全班鬧哄哄的，我不知道大家在笑什麼。在一年級的小學教室能夠引起大家這麼大的反應唯有那些不能說的事，問題是，在我家裡說「陰莖」跟說「法國麵包」差別不大，就是一個可以隨意使用但平常用不太到的詞。

我滿頭霧水，趕緊問坐我旁邊的江佳郁他們在笑什麼。她皺著鼻子附在我耳朵邊說陳子華剛剛說雞雞！我說喔，跟著笑了一下，不太確定要不要繼續問她什麼是雞雞。還好前面的男生這時很上道的站起來比著自己的褲襠，剎那間「雞雞」穿過他的胯下像箭一樣射中我腦袋裡的「陰莖」一詞，我像一手被蘇利文老師抓去沖水另一手不斷被寫「水！水！水！」的海倫凱勒在那一刻突然開竅！但隨即震撼我的不是陳子華公然說「雞雞」，而是原來公然說「雞雞」會造成班上秩序大亂。

很快我從同學那裡學到了「雞雞」與「小鳥」等幼兒化的男生性器官說法，當然還有「懶叫」與「懶趴」。但我一直沒有等到女生性器官的說法，非提到不可的時候就是「那裡」。你「那裡」。他「那裡」。我認識的「雞掰」一直是個說了會惹麻煩的髒話，後來我才知道它的意思是女性外陰，好像你發現村子裡那個丟人現眼的流氓原來是你失散多年的妹妹。是，還有「妹妹」，我大一點才開始流行，雖然是疊字，至少進步到有張臉了。

順道一提，我本來不知道「雞掰」與「懶叫」是一組的，因為字首的關係我以為「雞掰」與「雞雞」一組，就好像「陰道」與「陰莖」一組一樣。當然我一直到最後才知道，其實跟雞一點關係也沒有，「雞掰」的真面目是「膣屄」——這兩字裡有太多的「肉」跟「穴」，刺激到我有一任男友告訴我他只要看到這兩個字就會勃起。

我小學時的家庭調查表我爸職業欄填的是工程師。他跟我媽是大學同學。他們離婚之後，我媽跟我有個只有我們才懂的笑話。我媽說：「你爸很好，你媽也很好。」我問：「然後呢？」我媽說：「然後他們就離婚了。」然後我們兩個就抱著肚子笑到快尿出來。但笑的時候我看著我媽，心裡總忍不住想，這真是全世界最爛的故事，好像那種一路溫馨啊家庭啊貓貓狗狗啊結果在最後五分鐘突然出現殭屍把所有人都幹掉的電影，你們兩個居然在我十歲的時候給我看這種東西？

周可儀說：「我真希望我爸媽趕快離婚。」然後她爸媽就離婚了。我說：「我真希望禮拜天不要下雨這樣我爸媽才能帶我去動物園看無尾熊。」然後我爸媽也離婚了。有時候我真不知道哪一個比較好？

有一件事他們做得不錯，那就是訓練我撒謊。從我上學開始，我們三人會在晚餐餐桌上玩一個叫「說謊家」的遊戲，遊戲是這樣的：每個人要講今天發生在自己身上的三件事，其中兩個是真正發生的，一個是謊言，另外兩人的任務便是要猜猜看到底哪一件事是假的。

我媽我爸：今天發生了什麼事呢？

我：第一件事，今天國語課老師要我們寫習作，後來檢討的時候照樣造句我舉手講了三個得到三分，所以我們這排贏了，每個人可以蓋一個章，張其浩終於集滿二十五個章，可是今天老師抽屜裡的玩具沒有他喜歡的，所以他也沒有換獎品。

第二件事，今天第二堂下課的時候，我們沒有做視力保健操，因為學校的廣播壞掉了，隔壁班的男生學廣播在那邊喊「一、二、三、四，二、二、三、四，」然後亂做一通，我看到他們導師在教室裡一邊改作業一邊笑。

第三，掃地時間陳伯升一直把髒抹布丟到乾淨的水桶裡，衛生股長就去報告老師，老師叫陳伯升站在後門，一直到寫聯絡簿的時候才可以回座位。

我媽：第三。

我爸：第三。

我很快就發現，說謊最好的方式，就是說實話。儘可能地說實話，然後把謊話夾在沒人注意的地方。不過這個方式有個壞處，我常常會說得太順，嘮嘮叨叨地說了一堆學校發生的事，最後說完了才發現忘記放那個小謊話。所以我爸媽都知道要猜第三件事，因為我總是把謊拖到最後才說。

我：答案是一！我講了四個照樣造句不是三個。

玩久了我發現他們老是猜三，偶爾我也會把重要的謊先說了。

我爸：第一件事是我們今天早上開會時，有一個同事帶了一堆餅乾分給大家吃，他說他昨天去聽健康檢查報告，發現自己血糖快要超標，所以決定把家裡的餅乾都送走。

第二，中午我一樣去隔壁巷子買自助餐，今天的湯是貢丸排骨湯。

第三，我昨天夢到我跟黃平洋一起打麻將，最後我贏了，大家全部拿出那種很小的禮炮來拉，砰！砰！砰！我一直翻口袋都找不到我的拉炮，後來林易增跑過來拿了一個給我。

我：第一。

我媽：第二。

不知道什麼時候開始，我爸固定會在第三件事講他的夢。我說不行說夢吧，夢又不是真的。我爸說，我真的有做這個夢啊。「做夢」這件事是真的。後來因為我爸的夢有時滿好笑的，所以我們就隨便他了。玩了一陣子後，我們發現他從不在「做夢」這件事上撒謊，所以我跟我媽都自動省略猜第三件事這個選項。

我爸：答案是三。

我：為什麼？第三是你的夢耶，哪裡錯？

我爸：我昨天沒有做夢。

我媽：換我了。今天早上美華來公司找我，說他最近第三次跟旭峰分手，旭峰每天都在他上班等公車的車站牌等他要找他講清楚。美華問我：「『我要跟你分手』這句話到底哪裡不清楚？」他很害怕的樣子，我請他到公司隔壁的蜜蜂咖啡吃了一塊蛋糕。這是第一件事。

第二件事，我剛才在後面陽台看到兩隻貓在一樓屋頂上靠在一起睡覺，剛好是一個愛心的形狀。

第三件事，我跟你爸決定要離婚了。

我：第三。

我爸想了一下說：第二。

我早該在我爸「想了一下」的時候就了悟，但我沒有，連我爸回答「第二」時我都還沒意會過來，我記得當時想：這送分題你還錯！但大約也是同時，我感到一股微微的涼意，好像那種我做了很多次，朝會上台領獎發現自己上半身穿著整齊制服襯衫但下半身什麼也沒穿的夢。

我媽說：爸爸對了。

我說：騙人！

◌

我沒想過寫回憶錄會讓我記起一些我不記得的事。這麼說不太準確，應該是說，記憶像個櫃子，有些東西擺在櫃子上，只要望向櫃子就會看到；有些擺在及胸的抽屜裡，伸手就可以拉開；有些東西擺在最高或最低的抽屜，必須踮腳或蹲下才能去取。那些抽屜裡的記憶，有些東西擺在抽屜前端，一拉開就有；有些擺在抽屜後端，要把抽屜拉到底才能發現；有些擺在抽屜與夾板之間，必須把抽屜整個卸下來。但是你要知道那裡有藏東西，你要知道那裡有祕密才行。

我拉開好幾個很久沒開的抽屜，因為要把東西拿出來，就得再拉開一點，再拉開一點，再拉開一點，那些我不是不記得，只因為用不到所以被推得比較深的事，一點一滴從我的手指間流進了電腦螢幕。

我從不同時間的晚餐桌上拉出「說謊家」那九件事，而確定發生在我媽告訴我他們離婚當晚的其實只有兩件：一是我爸編的夢，二是我媽的離婚宣告。東拼西湊的原因很簡單，就是我記不完全。我有許多抽屜散裝著那些年我們三人玩「說謊家」時說過的事件，但上頭沒寫時間。然而我沒有一刻比現在更想知道我媽在宣布他們離婚前說的兩件事倒底是哪兩件？那兩件事得擔負與「我們要離婚了」等重的悲劇平衡，如同糖果屋兄妹的父母在帶他們去森林裡丟掉之前吃的那頓早餐：「就要把小孩送去死了。」「吃完這頓小孩就要死了。」那頓早餐不會是隨機的，餐桌上坐著他們垂目的神，那頓早餐在那些大人對自己的救贖上一定具有意義。

寫到這裡我突然知道為什麼那天我爸沒有做夢了，是他前一晚徹夜未眠的關係，是吧。

我告訴我媽我正在寫回憶錄。我媽現在自己住在山上，我們好一陣子沒見面了。我本來想把有她的段落印出來帶給她看就好，但後來我發現回憶錄寫到目前都在寫小學，而她無所不在，當然這也是沒辦法的事，所以我就全印了。

我們約在山下的便利商店，我到的時候我媽已經點了一杯咖啡在滑手機。在我買咖啡的時候，我媽很快把我印出來的部分讀完了。

「我現在覺得，『說謊家』這個遊戲名字取得不好。」她說。

「怎麼說？」

「一開始玩這個遊戲是想要知道你在學校發生什麼事，我跟你爸白天上班，晚上回家問你今天上學怎麼樣，你老是說『很好。』再問你『哪裡很好？』你就說『都很好。』這遊戲吃晚餐時滿好用的，重點是大家可以說說今天發生的事，說謊不是重點。」

「包括『我們要離婚了』這種事？」

「那是我那天想告訴你的事沒錯。」

我媽像支冰棒一樣冷靜。

「離婚是你那天晚餐說的第三件事，你記得前面兩件是什麼嗎？」我問。

我媽看著我，一手翻起我帶來的紙稿，一手抓過咖啡杯旁的眼鏡，好像準備面對一張有問題的保單。

「你不是有寫？」

「應該不是那兩件事。」

「我也不記得了。」我媽拿下眼鏡，將保單遞還給我。

「我也應該來寫回憶錄。」我媽說。

我覺得「說謊家」這名字取得太好了，尤其是那個「家」字。我在保單裡寫：說謊最好的方式，就是說實話。儘可能地說實話，然後把謊話夾在沒人注意的地方。誠實是小學四年級一個說謊學徒的抵押品。但後來讓我目眩神迷的總是那些不躲在實話裡的謊，不用時間差、人物錯置來迷亂的謊，那些橫空出世，在類型上開疆闢土，在背後看不見動機的謊。

○

我媽跟我爸離婚後，在不參考我意見的前提下，很快就找到了一個兩造可接受的生活模式，他們將各自的衣物打包，屬於這個家的留在這個家裡，包括所有傢俱、冰箱電視、各式消耗性日用品與食物，還有我。然後分配日子，一個月有一半時間我媽會回來跟我住在一起，一半時間是我爸，彷彿這個房子是間旅館，而我是永恆的門房。

對我來說，我每天上一樣的學校，回一樣的家，睡一樣的床，不同的是晚餐桌上少一個人，而且不管跟誰，我們都沒有再玩過說謊家遊戲。

我的床倚牆，牆上貼著比我還老的布紋壁紙。我躺在床上側身，鼻尖便是壁紙上桃粉色的螺旋之花，每朵螺旋跟我的臉一樣大，底紙冰涼涼的，肉桃色的浮絨則反。我將臉頰貼在牆上，抬頭看見花漩接著花漩重複到地老天荒，那是我睡前的宇宙。花的細節以兩種溫度清楚地轉印在我的皮膚上，我移動臉頰想找到一個感受絨紋多一點，溫暖一點的位置，卻徒勞無功。

我經常以手指沿著壁紙勾勒，想像我是剛出生的蜘蛛，迷宮般誘人的路徑在黑暗中浮了出來，暈以薄光，然而我的指尖無論降生在哪裡，最後都往深處走去，每一朵花都有終點，所有的紋路都是死路。

每天也就是夜晚睡前困在壁紙宇宙的時刻，我的腦袋會走出對白日困境的狂野解法。我認為我爸媽根本沒有離婚，他們只是在為我今年的生日禮物鋪路，他們要給我的驚喜太大了，需要兩人分頭去準備。等到我生日那天，我的家會恢復原狀，爸媽房間的衣櫃裡會出現兩人相疊的衣服，晚餐桌上會有三張椅子、生日蛋糕和一次史上最勁爆的說謊家遊戲，而且這次我絕對不會猜錯。

我用紙團砸薛美琪，薛美琪媽媽到學校找老師，老師打電話到我家那天剛好是我媽來住，我媽掛上電話後問我怎麼回事。我跟她說那團紙上寫了我的十大罪狀，我很生氣，所以就把紙丟回去，不小心丟到薛美琪。當然最後一句是騙人的，我媽翻了一個白眼，意思是「好吧我知道了但不小心才怪。」

我媽到學校的時候我們正在上數學，她穿著黑色煙管褲，繫著麂皮寬腰帶，她的藕色風衣沒有上扣，衣領立起，裡頭是幾何圖形的絲質襯衫。她走到我們教室門口才摘下半臉大的墨鏡，眼影是她最喜歡的水藍色，細薄一指抹在她的內雙眼褶上。

周可儀噓聲說：喂，你媽來了！

許多人馬上轉頭看我。

那時小學學校像個結界，非非常時刻不會出現通道，尤其是上課上到一半的時候。所以當我媽像個配色華麗的陰陽師站在結界入口舉起手，我有一種很複雜的感覺。

老師要我們自己做下一題便走出教室。當然沒人真正在做題目，班長喊了幾次「不要講話！」整個教室仍然浮著嗡嗡聲。周可儀問我：你媽來幹嘛？我說：不知道。周可儀說：一定跟前幾天薛美琪他媽來的事情有關係。然後她轉頭看了薛美琪一眼。

周可儀雖是我四年級少數的女生朋友，但我們也沒有每節下課都在一起或什麼的，她只是對兒童會一點興趣也沒有，然後因為住得近我們會一起走路回家，經過她家門口偶爾她會問我要不要進去一下。

就在這時我想到有件事我沒告訴她，事實上，我沒有告訴任何人，但我以為在這個班上若要說誰可以稍微聽我即將說的事，不大驚小怪的，不馬上再去告訴別人的，那也就是周可儀了。我拍拍她的肩膀，靠近她耳邊說：我爸媽離婚了。

周可儀果然沒讓我失望。是喔，她說：好好喔。

更小一點的時候，在我偶爾還跟爸媽睡同一張床的時候，有一天半夜我醒了，看見房裡只有夜燈在靠近地板的插座上發出微弱的光，燭心似的燈泡流出橙黃黃的暗火，絆到什麼就跌出十倍大的暈影，以致牆上的掛鉤、電燈的開關、全家福的相框之上都趴著無以名狀的巨獸。

我爸和我媽在我兩邊發出均勻的鼾聲，我想閉起眼睛，卻張著眼睛。突然牆高處靠近天花板的地方有一整片陰影灰得有點奇怪，如靜似動，像一朵以看不見的緩慢速度在變形的烏雲，我瞇著眼睛看了半天，突然發現那不是陰影，而是成千上萬的小蜘蛛，牠們在壁紙螺花上左右移動，不斷有幾隻離群往下移，又上去，每次都更下來一點。

眼看有蜘蛛就要爬下地板，我非常害怕，搖著我媽的手臂說：媽媽，你看，有蜘蛛！我媽的呼聲瞬間停了，但她仍然閉著眼睛。

我只好搖我爸，爸爸，你看那裡，有好多蜘蛛！

我爸微微睜開眼睛順著我的手指看去，他說：什麼蜘蛛，沒有啊，快睡覺。

我說：有啦！就在那裡！

我爸咕噥一聲，彷彿嘆了一口氣。

我仍不放棄：可是那邊有好多蜘蛛，快要下來了，你沒看到嗎？爸爸！

處於酣眠狀態的我爸顯然不打算與我爭辯，他閉上眼睛說：沒有關係，蜘蛛是好蟲，我們不殺蜘蛛。

後來當我遇到事情古怪無法以常理解釋時，經常想到那些蜘蛛。我淺薄的感想是，儘管大人叫不醒，還好我有開口，還好我有抓住他們的手臂搖晃，那些說過的話與溫熱的觸覺讓我不至於懷疑自己，還好我有那不小心充滿人性的回答：蜘蛛是好蟲，我們不殺蜘蛛。

○

來回兩次訊息之後，我跟周可儀相認了。一開始她有點戒心，像這樣：

「嗯。」

「對啊，我只是想說試試看，沒想到真的是你。」

「對啊哈哈。」

「你家還在賣雞蛋旁邊那裡嗎？」

「嗯……」

為了避免讓她覺得我是個想肉搜她的變態，我趕緊說：

「我不住在那裡了。我現在住在公司附近，在中和。」

「喔。」

我覺得在這時提起寫回憶錄這種事她應該會離線，我不知道她平時都做些什麼。徐文芳有時還會在臉書上寫些「珍惜相聚的時光，療癒自己，喜歡書的溫度」之類的東西，周可儀的臉書上只有「餐廳打卡送點心」與「跟可儀一起玩動物泡泡吧」。話說回來，我的臉書也差不多，她無法從臉書上看出我大學讀了五年，最討厭的詞是「手感」跟「翻轉」，沒意外的話下個月會跟男友分手，想寫小說但整日撞牆，突發奇想寫回憶錄卻開始發現回憶錄不是只有個人魅力與命運而已。

但她知道我爸媽在我小學時離婚了，光這點她就比我臉書一半以上的好友知道的還多。重點是，她小學四年級時滿酷的，如果熬過童年的人都有可以支撐他一輩子的素材，她現在還是一樣上道的機率應該大於五五波吧。

我需要收集更多訊息好知道要用什麼方法把話題導到我要的方向。這時我看見對話框上她的頭像後面閃爍「……」，表示她正在打字，我有點緊張，「……」消失了，我趕緊把手放上鍵盤像敲一台剛關門的公車，「……」又出現了，我突然驚覺，她根本就是我啊！那一刻我知道該怎麼做了。

「我在寫回憶錄，想拿給你看。」我用最快的速度打完這排字送出。

「你快死了嗎？」跳出這排字。

看來周可儀不會讓我失望。

○小學畢業的那個夏天，我最常做的事是躺在家裡的地板上，盯著天花板。沒有學上了，我睡到十點，不管前一晚住家裡的是我爸還是我媽，都已經出門。我走出房間，整個世界還是暗的，公寓在巷裡，四周也是公寓，他們出門前總是把燈關了，只有地上兩三方斜長的陽光。我到廚房給自己蒸一個饅頭，回到廁所裡刷牙洗臉。

暑氣燠燠，室內閃過窗外麻雀的影子，偶然拔尖一線喳吱。我打開客廳的立扇，馬達將空氣轉成輕盈的噪音，像水一樣往四周流去。我把饅頭從電鍋裡拿出來，坐在陰暗的客廳裡吃，一邊翻找報紙的政治漫畫。單幅漫畫經常用男女性愛隱喻政治，我喜歡看那些現在看來刻板的情色描繪，那些前凸後翹的身體，櫻桃小嘴，或總是揮汗如雨誇張表情的男性，我學到「那話兒」一詞。

今天的報紙放在靠茶几的那塊沙發上，昨晚來住的是我爸；菸灰缸裡有新鮮的菸蒂，昨晚來住的是我媽。我從不問他們今天輪誰，我希望他們以為我不在乎，這是我對他們把我的世界一劈為二的賭氣。

吃完早餐已近中午，家裡開始像個烤箱。冷氣總是讓我鼻塞，我不想打開冷氣，便脫掉衣服躺在磁磚地板上。客廳天花板是嵌入式的吊頂鏡面，我躺在那裡看著天花板上的自己直到睡著。

那時我一天大概睡掉一半以上時間，幾次小學同學打電話來約要去逛街，或兒童樂園，我說：那天我有事耶。躺著讓時間過去是重要的事，我媽我爸已經決定我再來三年的去處，幹嘛去？反正我們大概也不會再見了。

有時我躺在冰涼的磁磚上，試著想像住校是怎麼一回事。我媽說就像三天兩夜的營隊，改成五天四夜，休息兩天，然後循環三年。我說你怎麼知道，你又沒有住過校。我媽想想說：也對。

當時我只參加過一次夏令營，裡面的大哥哥大姐姐各個像著猴一樣，我們的自由完全被剝奪，到哪裡都要報告，最讓我不能接受的是許多蠢話都必須以大吼大叫的方式呈現，表示你沒有發呆或無聊什麼的，如果不夠大聲還要再來一次。

其中有個大哥哥不知為何一直喊「耶咿，妖怪耶咿！」打籃球也喊，小隊競賽也喊，夜遊也喊，我觀察半天得到結論是「耶咿，妖怪耶咿！」是他用來給人打氣的話，但他為何不跟正常人一樣喊「加油！」至今仍是個謎。輪到我打飯給圓桌分饅頭時他走過我旁邊也喊「耶咿，妖怪耶咿！」我把饅頭捏出指印才忍住回他「你才妖怪！」的衝動。

如果露月中學像是重複三年的夏令營，我想一路睡到考高中再起來。

我爸有點抱歉地說：我有朋友的女兒也是念露月，聽他說他女兒很喜歡，每個禮拜天都迫不及待要回學校。

他說的朋友是他當時的女友。我爸跟我媽分開後很快都有新的對象，他們似乎說好不能帶別人回來家裡住，輪到我爸照顧我時，他曾帶我去那女人家裡吃晚餐。那時他也是說：我們要去我朋友家吃飯。

後來我發現有些人是這樣，老是說「我朋友」，有時他們覺得說得少可以讓你想得少，像我爸；有時他們覺得說得少可以讓你想得多，像我朋友王瑜蓉，她說「我朋友有五個刺青」、「我有朋友等下要開保時捷來接我」、「我有個朋友認識王力宏」，後來我才知道全部都是同一個人。

我叫我爸當時的女友陳阿姨，陳阿姨家充滿了我從來不知道應該被裝飾的細節：蕾絲的面紙盒套，玄關長凳上裝乾燥花瓣的玻璃碗，鞋櫃旁專門擺雨鞋與長靴的矽膠方盤，米妮圖樣的電燈開關蓋板，擱筷子的陶瓷金魚。她帶我參觀了她的臥房，她的床四個角落有像長劍一樣的柱子，掛著奇怪的蚊帳。我這輩子看過的蚊帳只有兩種顏色，橘色與綠色，她床上的蚊帳是淡紫色的，而且至少有三層。

最讓我震撼的是陳阿姨家的廁所。我踏進廁所反手鎖門後突然覺得怪怪的，儘管廁所牆邊有個沙發凳、捲筒衛生紙下方有個小吊床般的網子裡有第二捲衛生紙、洗手台鏡子內建燈圈、馬桶蓋包著布套這些都屬於怪怪的範圍，但我坐在暖得不合理的馬桶圈上，瘸起手以防自己碰到旁邊一排經驗告訴我碰了一定會有麻煩的發光按鈕時，突然知道到底哪裡最怪了。

我的腳底是乾的。

如果詞典由我來編，「廁所」：濕。洗澡與大小便處，濕。大概是這樣。我坐在馬桶上環視，陳阿姨的廁所有一個用玻璃門隔開的角落，裡頭有站著沖澡的空間。玻璃門上凝著水滴，「廁所」一詞的濕全都鎖在那個角落裡。

我站起來，走過去推開玻璃門，一股帶花香的溫蒸氣迎面而上，門內的水滴往下滑滴在淋浴間裡，我趕緊拉上玻璃門，深怕竄出的水氣會在我腳下乾燥的地板上留下痕跡。

我坐在沙發凳上，看見旁邊有一雙拖鞋。我想到我上過的其他廁所，拖鞋通常都跟地一樣濕，這裡的拖鞋則跟地一樣乾，到底是為什麼需要拖鞋？沙發還滿舒服，擺在這裡多久才會被坐一次？陳阿姨跟她念露月的女兒大完便後都坐在廁所的沙發上休息嗎？我是否得趕緊出去免得他們以為我在大便。我一點都不想讓人以為我在大便，特別是在別人家的時候。

開門前我看到洗手台旁邊的地上有滴水珠，便抽出一張面紙蹲下來擦，又檢查了一遍確定地上一滴水也沒有才離開。

回家時在副駕駛座上我問我爸：你有看到陳阿姨家廁所嗎？我爸說廁所怎麼了？我說：廁所的地是乾的耶。我爸說現在新大樓都這樣，那叫乾濕分離。我心裡想，發明這點子的傢伙真是太酷了。我可以在乾濕分離的廁所裡待上一天。

從小我媽拒絕我要求時不是說「不行」，而是說「你可以自己做一個」。小時候逛百貨公司看到娃娃屋，我說我想要，我媽說：你可以自己做一個。她給我的幫助通常到嘴為止，如果我再問，可那是塑膠的，我沒有塑膠。我媽會說你可以用紙啊。若我說沒有紙，我媽可能會說那你用想像的吧，來眼睛閉起來我教你。不過我沒有，我去找紙了。家裡唯一可用的紙是報紙與圖畫紙，因此我的娃娃屋只有客廳，而且是一個每次扶正後只存在五秒鐘的客廳，好處是很好收，五秒後它就會自己收好了。

那天我躺在下午的地板上，決定自己給家裡廁所做一個乾濕分離。反正現在待在這裡最久的是我，不管我爸我媽說什麼我都要回：「所以呢？」

我站在廁所裡看著浴缸，不可能搞到玻璃片把浴缸跟廁所其他部分隔開，用窗簾應該可以，只要在兩邊貼個塑膠鉤子拉條童軍繩，再把窗簾掛上去。但窗簾布不防水，要想個防水的布類來掛。於是我走到最近的雜貨店去買了三件雨衣，攤開後把帽子後折，把童軍繩穿進雨衣袖子，然後把袖子內折到比短袖還短的程度，用膠帶固定。完成時是下午，我家一天裡廁所地板最接近不濕的時刻。我用乾抹布把地擦了一遍，確定一滴水也沒有，便脫光衣服鑽進雨衣後的浴缸裡，轉開蓮蓬頭開始洗澡。

洗完澡我關上蓮蓬頭，伸手抓起掛在雨衣外的浴巾，站在浴缸裡擦乾身體並把頭髮盤起來包好。我把其中兩件雨衣分開，從中間探出頭，米白色的地磚上看起來沒有水漬，我慢慢蹲下就著日光反射角度找了一下，看到許多滴晶亮的痕跡。

洗手台上的鏡面薄薄一層霧，我踏出浴缸站在抹布上，伸出手用食指在鏡子上畫了一個笑臉，但蒸氣用手指一推便凝成水珠滑下來，那笑臉變成一個嘴角上揚卻眼淚口水齊流的詭異表情，我用手掌去抹，越抹越清楚的是鏡子裡的我的臉。

我對我的臉感情很複雜。身為生理女性，從很小的時候你就意識到你的臉不只是你的臉，而是比較類似人行道上做成音符形狀的長椅之類的公共藝術裝置，任何人都有兩三句話要說。小學的我有一段時期特別注意自己的臉，我在書桌前擺了一面手掌大小的方鏡，一小時的功課寫成三小時，我不斷看著自己的臉，彷彿一下子不看就要忘記。

有天我在我媽梳妝台前照鏡子，發現桌面上一管像馬克筆的東西，拉開筆蓋裡頭是支小彎刷，我問我媽這什麼，我媽說那是睫毛膏，然後她叫我睜開眼往上看，用那小刷順了順我的睫毛。眼瞼感覺到突如其來的輕扯，我打了一個顫，定睛看見鏡子裡的自己，我媽說你比比看這眼跟那眼。我站在那看了大概有三分鐘吧，說來不可思議，但發現世界上竟然有睫毛膏這種東西重擊了我的價值觀，我不知道需要照顧到這麼小的地方，枝微末節的細毛，竟然有一系列為它而生的產品，存在得理所當然，彷彿我大驚小怪。我每天照鏡子三小時也沒發現睫毛的重要性，那我到底在看什麼？

我突然對生而為一個被期待將來要照顧睫毛的人感到一股怒氣，重點是，我還是看不出來我塗了睫毛膏的右眼跟左眼有什麼不同！

那一刻我的沈迷到底了，小方鏡被我收進抽屜，只有在別人跟我說我臉上有東西時才衝去廁所瞄一眼自己，儘管如此也是馬上移開視線，彷彿多看一秒就要記起什麼可怕的事，用我現在的說法大概就是「他媽的我不玩了。」

我穿上衣服從浴室出來回到客廳躺著。天花板的鏡面是由一小塊一小塊黑亮的反射玻璃拼成，我看不清楚自己的臉，只看到自己的形狀，我躺在地板上像乾泳一樣移動身體，天花板上的我緩緩變形。

那天晚上我媽很晚才回來，看到掛著三件塑膠雨衣的浴室只說了一句：今天有下雨啊。隔天換我爸來住他一句話也沒問，他大概以為那是我媽掛的。乾濕分離的結果是我甚至不太確定大人在這裡過夜時有沒有洗澡，備在嘴裡的「所以呢？」也只好說給下一個對我開口的倒楣人聽了。

我高中的時候，我爸再婚了。新娘不是陳阿姨，是吳阿姨。從陳阿姨到吳阿姨之間還有一些阿姨，當然我爸都稱他們為「我朋友」。他現在跟吳阿姨住在宜蘭，我通常要走投無路才會去找他。因此當我打電話給他說要拿回憶錄給他看的時候，他開了一個很難笑的玩笑。

「你要選總統嗎？」他說。

我猜他想問的是「你在想自殺的事嗎？」

「有備無患啦。」我說。

上一次我去宜蘭是我發現懷孕，跟岩元大吵一架，岩元當時三十六歲，非常想要孩子。「可這是我的身體，」我說。「有一半是我的小孩！」岩元說。他認為一隻精子可以理直氣壯分我一半身體，我怒不可遏，一回神我已經坐在往宜蘭的火車上。

其實也不是想去找我爸，我腦袋鬧哄哄的，但我爸他家前面有一塊田，站在田埂上可以看到海，說是海其實只是最遠處一綹閃藍的細絲。高中去我爸家過暑假，每天晚上吃完飯看到他跟吳阿姨一起清桌子洗碗，像兩塊拼圖一句話不說地滑溜完成對方未完的事，我會突然感到一股煩躁，走出紗門踏上那條比我兩腳併攏還寬些的土方我便感到平靜一些。

從火車站走到我爸家時天已黑，路燈亮起，房子裡只有我爸跟吳阿姨的房間窗戶透出黃光。土地伸出田埂迎接我，我跳過大排，把包包丟在田埂上躺了下來。

清朗的夜晚，在那之前我已經許多天沒有好好睡覺，兩旁的水田呈休耕狀態，月光下站著幾隻小辮鴴。這鳥很好認，白腹黑胸，背羽銅綠，頭上翹著一根小辮子有點像清官帽上的藍翎，是年年飛來台灣的冬侯鳥，看到是運氣。

我會知道這鳥是因為上上一次我來找我爸是我大四，剛發現最後必修三學分鐵定被當而無法畢業，我們坐在他家陽台，我還打不定主意要不要告訴他畢不了業一事。正當我心不在焉看著遠方，他可能以為我瞪著田裡，「小辮鴴。」他說。

「什麼小便？」我說。

他停了一下，開口說了這鳥的種種事跡，細節迷人，差點連拉丁文學名都要拼出來。更離奇的是，我爸整個人透出一種克制，像是費盡力氣頂著閘門不讓水壩潰堤。

我嚇到說不出話，因為上上上一次我見到我爸時我爸嘴裡的鳥只有三種：小鳥，鳥，好大的鳥。喔還有麻雀。什麼時候他變成了知道小辮鴴且身後隱約存有整個鳥友大世界的男人？

每一次我想到我爸，舞台背景垂幕畫的仍是我們住在一起的家，我躲在角落聽他排演「我跟吳阿姨要結婚了」、「我要去宜蘭了」等台詞，結果現在他突然站起來把幕掀了抓著一隻小辮鴴。

天亮時我睜開眼睛，小辮鴴還在那裡。我側臉貼在田埂上盯著牠們，記起我為何在這裡。我拍拍屁股站起來，搭了下一班火車回台北。

上面這些好像應該放進回憶錄。我本來想說的只是我跟我爸好幾年才見一次面，結果寫著寫著變成那樣。青春期不是常有過年才會見到的親戚說「哇長好高了我都認不出來」，我對我爸竟也有這樣的時刻，但如果可以用「哇變鳥友了」五字帶過那就是另一個故事了。寫東西有點像魔術方塊，在移動小塊段落的過程中有時會破壞了本來看似接近完成的結構，差一格整齊的色塊忽忽四散五裂，讓人心驚膽戰，若有時就那樣悍然再轉，再轉，所有顏色又奇蹟似的聚合貼緊，魔術的一刻。

目前我還不知道上面這些該轉到哪裡。

我到我爸家時他正在整理照片，直到我真正拿出一疊紙稿前，他都還以為我在開玩笑。他先是站著讀，一邊翻看有多少頁。讀完第一張後，他掂著那紙頁抬頭看著我，抓抓頭，走到桌前用手肘把桌子上的照片推開，露出一塊乾淨的桌面，將我寫的東西放在上頭，拉開椅子坐下。我站在房間裡離他最遠的角落咬著指甲。

「你寫多少了？」

「目前就這裡。」

「很好看。」

「什麼意思？」

「有很多我不知道的事。」

「然後呢？」
「你為什麼要寫回憶錄？」
「因為小說寫不出來。」
「上班還好嗎？」
「很好。你有什麼意見嗎？」
「很好就好。」
「我是說回憶錄。裡面寫的你有什麼意見嗎？」
「你的記憶力很好。」
「跟你一樣。」
「比我好。」
「我寫的是你記得的嗎？」

「有些地方不是，但那不重要。」

「哪裡不是？」

「沒事。你在寫小說？」

「就說寫不出來了啊。」

「我可以看嗎？」

「不可以。」

○

露月中學給每個國一新生一本學生手冊，八十幾頁的內容詳列所有作息排程與生活細則。開學第一天，我與我的棉被、睡衣、枕頭、衣架、拖鞋、涼鞋、牙刷、牙膏、漱口杯、浴巾、肥皂、洗面乳、洗髮精、臉盆、梳子、吹風機、衛生紙、五套內衣褲與襪子、兩套便服與保溫杯一起搬進了家樂家208寢室。

一寢有一長桌六椅，六相連木衣櫃，上下鋪三副共六床，睡六人。

住校的規律性大抵如下：

早——

7點前：宿舍起床，梳洗，餐廳早餐。

7點到8點：教室早自習一節。

8點到12點：課四堂，間有十到二十分鐘不等的下課時間。

午——

12點到1點半：餐廳午餐，教室午休。

1點半到4點半：課三堂。

4點半到7點：宿舍或體育館自由活動，餐廳晚餐。

晚——

7點到9點：教室晚自習兩節。

9點到10點：宿舍自由活動，盥洗，睡覺準備。
10點熄燈。

週一早上到校，週五下午出校，週復一週，除寒暑，行三年。

我媽說我從小就喜歡耍帥，她把我送去露月住校，除了覺得放學可以不用補習之外，就是怕我變成不良少女。不過那時我媽用的是「太妹」兩字。

現在我終於有點了解我媽當初說我「耍帥」指的是什麼。那段時間我的確有個傾向，在兩條路之間，理性判斷經常是我的反指標。我這種人你一定認識好幾個，有種說法叫為反對而反對，但我要說，我真的不是為反對而反對。我是在逐漸往左邊傾斜時看著右邊覺得好想知道站在那裡是什麼感覺喔然後一回神我已經跳船了，嚴格說來我是為好奇而反對。

我覺得這事真正的問題應該是：為什麼我經常會站在路口呢？同樣的情境對許多人來說，路只有一條，毋須判斷，遑論選擇。但我的腦袋會轉出其他選項，然後在最後一秒根據理性判斷做出反向跳船的動作。

把路走成路口才是我的問題。

我的人生事件經常被我歸類為意外，有時我暗自一廂情願地想，內外是相對的，到一個程度意外就會變成意內。才不是。意通常是理性判斷，是絕對的，不容你妄想標準會因為你跳來跳去而改變。

我爸說去露月可以不用三餐都吃外面買的東西，也不必經常一個人在家等大人下班。

儘管我爸媽說了幾個他們送我去露月讀書的原因，但我心裡總覺得他們對一個顯而易見的好處避而不提，非常可疑，於是我決定真正的原因就是它：

我被拋棄了。

搬進露月中學的第一天，下午四點半下課鐘響，坐我前面的林孟容轉頭問我：你要回寢室嗎？我搖搖頭，她說：那我先回去了喔。其實我想說的是：我不知道。一下子整個教室都空了，明亮的九月，二樓教室窗外是不知名的樹頂，我記得鐘響時在陽光下抖起來的一片金葉子。

我走出教室，從教室旁的樓梯下樓。回宿舍吧？我一邊走一邊想，大人下班也是這樣嗎？長長車道底關起的校門內，在這片由樹與石牆圈起的範圍裡，存在一個世界，我有工作，有待辦事項，吃飯有時，睡覺有時，全都自己一人。我不必等誰來帶我去哪裡。跟進來前預期的完全相反，我竟然感到自由。

當時我以為這種自由來自被徹底拋棄的孤寂，現在看來比較接近一種從被餵養過渡到圈地放養的脫出幻覺，一種為了儘快進入完全放養終至野放的準備。

然後我看見圖書館。圖書館就在教室旁樓梯下樓轉角處，大門半開。

小學畢業前，「圖書館」對我來說可以歸入「陰莖」跟「法國麵包」一類，是可以隨意使用但平常用不太到的詞。我的課外書大都是在文具店或百貨公司的文具部站著看完的，大抵是世一書局出版雜燴般的所謂世界兒童名著與民間故事集，而在那些故事裡我心心念念的也只有〈藍鬍子〉而已。

我看著右上角掛著「圖書館」牌子的門，可能心裡想著「回宿舍的路應該是右轉還左轉？」我進入了圖書館。

櫃檯後有張椅子，沒有人。右手邊是一整排的鐵灰書架，左手邊是幾把沙發，四張六人桌與木椅。所有的燈都亮著，天花板的白色燈管與桌上的黃燈泡。

我走得很慢，預期在某一排鐵架旁會站著跟我一樣制服的女生，沒有。

我經過約莫十排的書走到圖書館底，抬頭看見牆上裱框的畫，畫裡有一個穿著黃色洋裝的西方臉孔女孩，側臉專注盯著手上翻開的書。

我慢慢地轉身往門口方向走，經過其中一排書架，我伸手想去取走道邊及眼高的其中一本，書背上寫了一個奇怪的字：《嬲》。這字我不認得，但我聞到那方塊拆解後強烈兒童不宜的氣息。我聽見窸窣的聲音，便伸長手越過《嬲》，越過旁邊的《芙蓉鎮》，將手放在再旁邊的《特別的一天》。

圖書館老師叫芝芝，那時我還不知道她名字。芝芝個子跟我一般高，短髮齊耳，若說她是高中部學姐也沒人懷疑。她看似冷漠，不多說一句。她讓我辦了圖書證，你今天要借書嗎？她問。

我說好。我走回書架後面，盯著《嬲》與《特別的一天》，在我覺得芝芝快要失去耐心的前一秒伸手取了下面一排一本叫《沒卵頭家》的書。

〈藍鬍子〉是一個曾收入格林童話的故事。人喚「藍鬍子」的貴族男人娶了許多任妻子，但這些妻子都無端消失了。藍鬍子看上了鄰居的兩個女兒，希望可以娶其中一位為妻，兩姊妹不願意，最後妹妹屈服，與藍鬍子結了婚，搬到他鄉間的城堡生活，遠離原本的家。

藍鬍子有事要離開城堡幾日，他把城堡所有的鑰匙給了妻子，告訴她可以任意進出每個房間，唯有頂樓的小房間不能去。

藍鬍子一出門，這位妹妹馬上打開了閣樓小房間的門，發現裡面牆上掛鉤吊著藍鬍子所有消失的前妻們，地上滿是血漬。妹妹大驚，鑰匙掉到地上沾了血，她關上閣樓房門，想在藍鬍子回家前把鑰匙洗乾淨，卻發現那血漬怎麼洗也洗不掉。這時姊姊正好來訪，妹妹告知一切。

藍鬍子回家後發現染血的鑰匙，決定要殺死兩姊妹。兩姊妹苦求死前最後一次禱告，禱告之際，她們的兄弟騎馬飛奔而來，殺死了藍鬍子。妹妹繼承了藍鬍子的財富與城堡，她安葬了一整排的前妻們，用藍鬍子的錢替自己的手足找到好歸宿，自己也再嫁，從此過著幸福的日子。

——完

我從小就害怕〈藍鬍子〉這個故事，因此特別喜歡。它跟其他故事不一樣：在〈藍鬍子〉裡頭，人死得很慘，而且沒有復活。

「她打開門，等到眼睛習慣了黑暗，才發現房間裡吊著許多女人。女人流出的血滴在地板上，她們都曾是藍鬍子的妻子。」

我非常記得女主角打開那走廊盡頭神祕房間時的一幕。我看過的每一本〈藍鬍子〉，編排雖然不同，插圖風格雖然不同，但一定都有一頁，充滿了牆上垂掛的女人，一整排，滴著血披著髮並睜著空洞大眼，女主角摀住嘴的驚嚇表情，和那掉在地上血漬裡的鑰匙。

我不了解什麼樣的血漬會如何洗都洗不乾淨，所以那把露出破綻的帶血鑰匙一直讓我很疑惑。後來我想，如果是別的故事裡出現了「洗不乾淨的血漬」我一定會一點也不困擾地讀下去。但〈藍鬍子〉不太一樣，在這個故事裡，沒有詛咒預言火龍或會說話的動物，一切都非常寫實，除了那把洗不乾淨的鑰匙。

當時我覺得〈藍鬍子〉這故事應該是這樣的：

她渾身顫抖，不知道過了多久。她突然想到，藍鬍子就要回來了，怎麼辦？於是她撿起鑰匙，逃出了那個走道盡頭的小房間。

回到自己房間的時候，她看到鑰匙上沾著血漬。

「哎呀！一定是剛才掉到地上弄髒的。糟了，這可不能被藍鬍子看到，要是他知道我沒有聽他的話，擅自闖入了那個房間，並且看到他的祕密，那麼他一定也會把我殺掉的。」

於是她以冰冷的雙手將鑰匙上的血漬清洗乾淨，並換洗了自己的衣物。一切弄妥之後，她假裝沒事般等待藍翳子回家，在心底哭泣著。

藍翳子回家了，一切像平常一樣。

——完

○

儘管小學時我沒去過圖書館，但如果廣義的圖書館是收藏書以服務特定對象的地方，那麼我三年級教室的鐵櫃當之無愧。

開學第一天，三年級班導陳淑對我們的自我介紹是「大家好，我叫陳淑，如果名字可以自己取的話，我會叫陳書。書痴的書。」她把教室左前方鐵櫃上前一年老師留下來的盆栽佈置檔案夾等雜物全部清空，擺上兩個書擋。我從來沒看過書擋這種東西，一左一右兩塊白色大理石雕刻，左擋是一個正在奔跑的小女孩；右擋則是一隻帶著懷錶的兔子。

一開始陳淑老師在小女孩與兔子之間放了國語週刊與數十本漢聲世界精選圖畫書，我們看見圖畫書都嗤之以鼻，覺得那是幼稚園在讀的，直到她在課堂上一頁一頁翻了五味太郎的《爸爸走丟了》給我們看，我內心震撼不已。

我跟我媽說我想要一本《爸爸走丟了》，因為那本書很好玩，在講一個小男生，他爸爸在百貨公司走丟了，他就到處找爸爸，有一頁有看起來像爸爸的腳的腳，翻過去下一頁會發現那不是爸爸的腳；又有一頁看起來像爸爸在讀書，翻過去下一頁會發現在讀書的不是爸爸；還有一頁有看起來像爸爸西裝領帶的西裝領帶，翻過去下一頁會發現那是另外一個阿姨的洋裝。我媽一頭霧水，我只好拿來圖畫紙畫給她看。我媽看懂了後說：畫得很好，你可以自己做一本。

之後陳淑老師搬來了全套的漢聲中國童話，接著是漢聲小百科、愛的小小百科、黃皮的亞森羅蘋全集、吳姐姐講歷史故事，然後出現了全套的怪醫黑傑克與好小子漫畫。

關於這些書的唯一規定是不能帶出教室。陳淑老師說這些書都是她買的，她告訴我們她沒有結婚，所以有很多錢可以拿去買書。這話讓我有好一陣子以為結婚吃的那頓飯會花掉你一生積蓄。

下課我經常趴在鐵櫃前，隨手抽出一本。三年級我過得無憂無慮，那些書我讀過便忘，四年級天地變色，連陳淑老師都帶著她的小女孩、兔子與中間那排通往課本外的兔子洞轉去了別的學校，我在睡前貼著壁紙螺花，想起在鐵櫃上讀過一本叫《今天是什麼日子》的圖畫書，小女孩巧巧設計了一連串的謎題引導媽媽找到巧巧為了慶祝爸媽結婚十週年紀念日準備的驚喜，一想到我也曾興沖沖想自己做一個，想到但如今我爸媽已沒有結婚紀念日，便可順利哭到睡著。

進露月之前，我零星讀的書幾乎都是一種被動、宿命式的相遇，而不是系統性地主動出擊。我到打開電腦寫下〈不知道的人搖著他咚咚發響的頭〉第一個句子之前，不曾寫，甚至不曾想過要寫小說。

但記錄，噢，記錄。

我媽說我大概兩歲的時候開始，只要覺得開心就會馬上大喊「開心！」自己坐著玩玩具的時候，吃一片餅乾的時候，走到巷口看到一隻小狗的時候，電視上廣告快結束的時候，夏天坐在推車裡一陣風吹來的時候，我會突然大叫「開心！」然後繼續正在做的事。我媽問我開心什麼？「才兩歲，你也不知道我在問啥，反正你要大家知道你開心。」我媽說。

從前我把這事視為我本性浮誇的預言（如果我早幾年開始寫回憶錄，上面這段一定是佐證個人氣質的小故事。）現在我認為那是我最早的記錄嘗試。開心鬼穿過了我，我心領神受但無人知曉。「開心！」這麼大喊時那東西就現身了，定住了，被留了下來，放上舌尖，可以傳遞。

接著我可能畫了一些畫，但一張也沒留下來。接著我學寫字。我最早的自發性文字記錄是八歲，我跟我爸要了一本他不用的筆記本，跳過第一頁從第二頁開始寫，日期底下只有一句話：

「今天我看到雞皮ㄍㄜㄉㄚ」

很有可能多年後再讀到這一頁，我心裡充滿問號：八歲的我看到了雞皮疙瘩，誰的雞皮疙瘩？是真正在皮膚上那小不隆咚的雞皮疙瘩嗎？還是有誰叫雞皮疙瘩？什麼情況下看到了雞皮疙瘩？為什麼要記下這件事？

到底是什麼？

然而託這句話占領我人生文字記錄首頁的福，我毫無懸念，因為我記得非常清楚：我媽在商店櫃檯前準備付錢，我站在她旁邊，聽到有人在哭，我抬頭看見排在我們前面一個穿制服的女生，一邊哭一邊把一包衛生紙遞給店員結帳，陽光從商店的玻璃門射入剛好落在她擱著瘦白手臂的櫃台上，像背後一道鎂光燈，我突然看見她手臂上的寒毛與無數微小顆粒。

雞皮疙瘩一向是個關於寒冷或害怕的形容，那是我第一次看見實體，因此八歲的我心心念念把這事寫了下來，講白了也是抓到一隻鬼的關係。

之後我開始寫那種一段到兩段的記錄，不是每日記，有時隔了好幾週，但我歪斜的字體總是會再出現。八歲到十二歲國小畢業前，我寫了第一本筆記本，國中前兩年我寫了十本，十六歲的時候我把十一本筆記本都燒了。

大學時我第一次讀到美國詩人普拉絲的死法，書裡寫她「將頭放進烤箱裡自殺」。這描述極為獵奇，我想像轉開烤箱將頭烤熟這事要有多堅定的死意才能辦到。我將這事告訴老王的時候，我們正在討論名人手機被駭私密照流出之類的事。老王說任何影像，聲音，文字，廣義的記錄都是一種對上帝的褻瀆，一旦有了不朽的念頭，大家都得進烤箱。

我想老王撿起「進烤箱」這樣的譬喻，除了在我沒頭沒腦提起普拉絲後有順話的方便性之外，剛烈如無間地獄的火燒意象一來精準抓住數位足跡永恆不滅的糾纏特質，二也頗符合褻瀆上帝會受到的懲罰。

失明的浮士德臨死前把魔鬼召人替他掘墳的鐵鍬鏘鐺聲聽成了前來開疆

闢土的自由眾聲，開心地說：「美好的一刻，請永遠停留下來吧！」這種封存當下成永恆的妄想，實實在在預言了自己的死期。

用手機將私密時刻記錄下來的人們，與寫著筆記本的我都一樣。那些神祕的、親密的、傾刻就消失了的；那些還沒有被命名的，大於物的；那些等著被發現的，即將被發明的，我妄想用場景、人物、舉止、事件、聲音、味道的大集合把它留下來。這種執念為什麼？從何而來？我不了解。但顯然我從很小的時候就注定要進烤箱了。

「1963年2月11日清晨，普拉絲上樓把孩子們的房間窗戶打開，並留了一盤麵包與牛奶給孩子。之後她回到廚房，用膠帶把窗貼密，毛巾封緊門底，將自己關在廚房裡，把臉貼在烤箱裡一條折起的毛巾上，打開烤箱自殺。」

後來我讀到在六七零年代的英國（普拉絲的丈夫是英國人），有些家用烤箱仍是燒煤炭的，你可以在轉開烤箱後，把烤箱裡的點火器吹熄。這時管線會運送煤氣進來，但沒有火苗可燒，於是烤箱裡充滿煤氣，待在裡頭的人會漸漸缺氧，死因是窒息。

因此剛烈的火烤頭意象原來是個誤會，普拉絲是燒炭死的（而且不用出門去買木炭跟烤盆），經歷輕微的頭痛，也許暈眩噁心，接著失去意識，血液中逐漸充滿無用的一氧化碳，然後死亡。

到如今我才稍微了解發生在十三歲到十五歲之間的我身上的事，我現在會說，我的死法的確比較像窒息，而不是火烤。

○

《愛麗絲夢遊仙境》講的是一個十歲小女孩出於好奇去追一隻戴懷錶會講話的兔子而掉到兔子洞裡，遇到一堆怪事的故事。從兔子拿出懷錶大叫「哎呀呀我來不及了」開始，那些會說話的動物、抽水煙的毛蟲、讓人變大變小的藥水、蛋糕跟蘑菇、只有一顆頭與詭異笑容的貓、假海龜跟龍蝦方塊舞、變成豬的嬰兒（或變成嬰兒的豬）和動不動就要砍別人頭的撲克牌，像一炮射往夜空的燦爛花火往四面八方炸開。若要說，大概就是本來應該在最後一段收束所有魔法的機關，不知被誰擺在了中文書名裡，搞得接下來的怪事也就不那麼怪了，有些可惜。

我後來真的自己做了一本《爸爸走丟了》，全本照抄五味太郎。我拿美術教室一種比圖畫紙薄透的紙壓在書上，一筆一筆描摹，塗上我能找到最像的顏色，用釘書機裝釘起來，唯一不同的是我的主角是女生。我上大學搬離那個家時幾乎沒帶走什麼東西，那本自製的《爸爸走丟了》應該也是在同一年我爸媽把那個家賣掉時便扔了。

我上網輸入《爸爸走丟了》，發現居然還買得到，便訂了一本，書很快寄來，打開包裹，書拿在手裡比我印象中還薄，讓人有點捨不得翻開。我讀得很慢，小心翼翼對待裡頭的機關，在那些中間開洞，長寬不一的書頁裡有五味太郎安排的線索，特殊剪裁下露出的腳啊帽子啊衣服啊推著故事前進，翻頁後才能看見事件的全貌。大學時通識國文課老師用了整整一堂課講伏筆，我旁邊不知何系的同學用只有我們這排聽得見的聲音說：什麼鬼。在《爸爸走丟了》裡，伏筆可以用手去指，它一直在那裡。

但有一件奇怪的事：我前前後後翻了許多次，一直到最後都沒有發現「在百貨公司讀書的爸爸」那一頁。我記得非常清楚，那一頁是爸爸站在櫃檯讀著一本很大的書，半透明的書遮住了他的臉，將剪裁成書本的機關翻過去後，會看見書後的男人並不是爸爸。

我突然驚覺，讀書的爸爸只存在我照抄的那本《爸爸走丟了》裡，他是我的創造。

○

露月中學的宿舍叫家樂家，家樂家是由四幢水泥造的長方樓相連起的長條形建築，樓與樓間有大門與廳堂，貫以長廊，兩側有戶外梯與鐵門。從家樂家一端走到另一端得花上十分鐘，經過六道熄燈後上鎖的分區門，四個寢區，總共四十間每間六人的寢室。

我跟我媽還有我爸站在家樂家208寢門口，房門半掩。我媽伸手敲門之後便把門推開，儘管當時是早上，那房間仍暗到教人直覺要找燈。我媽反手撥了門邊牆上的開關，兩道日光燈管嗶剝亮起，第一眼看見的便是房間中央的六人桌椅。

我媽把行李箱立在門口，她的手提包放在桌上。我雙手抱著裝滿雜物的臉盆朝離房門最遠角落的上鋪走去。我要睡這裡。跟在後面的我爸拖著剛才報到時領到的一包床單枕頭套跟床墊，走到角落看了一下，六號。你的衣櫃。我媽指著上頭標記「6」的櫃門。

我把臉盆放在桌上，走過去打開等肩寬的瘦長衣櫃，房間裡瞬間充滿樟腦丸的味道。或許在我們推開房門的時候樟腦丸的味道就在了？我不確定。整整三年，夏天前我搬出家樂家，秋天再搬進家樂家，不同樓層不同的編號，樟腦丸的氣味讓它們全部變成同一個房間。

樟腦。木頭與濕氣，夏天即將離開的味道，父母即將離開的味道。走廊上唰唰唰由遠而近又遠的鞋拖聲，女孩子在熱霧氤氳的浴室裡彼此呼喚小名。

我站在澡間前，盯著一排白色塑膠浴簾，將浴簾唰地拉起又拉開，唰地拉起又拉開，金屬掛鉤一邊扣著塑膠布一邊滑溜地在不銹鋼桿子上滑行，嘩嘩笑我家裡廁所掛鉤上童軍繩串著的三件雨衣真是蠢斃了。我回寢室爬上上鋪坐在床沿，擱在涼滑木梯邊的小腿一晃一晃，室友們來了。

1號床是謝宣淇。她對我說的第一句話是「你好高喔」。下午第七堂課結束鐘響，起立，立正，敬禮，「謝謝老師！」班長「坐下」兩字還沒出口，謝宣淇已經像要把鞋子踢飛那樣震顫地跑在底下的露月大道上。她衝回家樂家二樓掄起自己臉盆丟進水壓最強的第四澡間，接著把背著兩個書包跑在她後面兩百公尺的陳玉恬的臉盆丟進隔壁澡間。陳玉恬問我：「你是學姐嗎？」（接在謝宣淇的「你好高喔」之後。）她睡2號床，跟謝宣淇到哪裡都在一起。

3號床是張瑜心，從第一天她的綽號就是章魚，當然那也是她過去六年小學的綽號，沒意外的話應該也會是她未來八十年的綽號。她自我介紹的時候說「我叫瑜心」，完全沒有提起「你可以叫我章魚」之類的事，我想她可能對甩去舊身分的新開始抱有一點微薄的希望。張瑜心講話很快，總是處於一種驚訝狀態。「今天晚餐有瓜仔肉。」「真的？」「禮拜三數學不考。」「不會吧！」「舍監說明天會下雨。」「什麼！」她是小鬼當家手托腮瞪大兩圓眼永恆的臉。

高英華睡4號床，我們兩張上舖頭尾相靠。她可以在早上六點前下床開門進浴室梳洗回上鋪折好棉被開關衣櫃穿好制服，完全不吵醒房間裡其他五人。她還沒對我說第一句話，我問她洗過澡了沒，她會從緊閉的嘴唇裡擠出一個「M」的聲音。

5號床也就是我的下鋪住著李嘉欣，一開始我以為她鎖骨上那條十字架項鍊是裝飾，直到每晚熄燈後我抓著木梯一階階往上爬，襯著街燈看見底下她平躺閉眼兩手交握雙唇微微顫動。她的禱告通常在三分鐘內結束，我會躺在上鋪與她平行，等待那聲輕到不能再輕的「阿門」再閉上眼睛。

我的室友是我在露月中學最先認識的一群人。這種認識是全面而細節的，鋪天蓋地，無法選擇，甚至沒辦法禮貌避開。我知道誰對自己微微隆起的胸部充滿了複雜的情感，在衣櫃前站十分鐘無法決定制服底下該穿象徵發育進行式的小背心還是昭告變身完全的胸罩；我知道每個禮拜一返校當晚誰在熄燈後的床上啜泣；我知道誰將課本帶進廁所掩飾自己嚴重便祕。他們也知道我，坐在家樂家走廊盡頭的戶外梯上，讀奇怪名字的書，與學姐廝混，對洗澡沒有太大熱情，經常拖到最後一刻回寢室的室友。

〈沒卵頭家〉是《沒卵頭家》這本書裡頭的其中一篇故事，我是因為書名才拿起這本書，這四字飄出一種台語的，雄性的陌生氣味。

我不會說台語，因為從來沒人跟我說台語。我的台語是在小學六年與班上男生下課打躲避球互吼之間學的，大部分是生殖器官與髒話（大部分生殖器官也是髒話）。儘管如此，我一開始還是完全搞錯了沒卵頭家的意思。我以為是沒有卵子的頭家，頭家是老闆，因此沒有卵子的老闆，就是一個男的老闆。鑑於我從小認識的老闆都是男的（女的叫老闆娘，但意思是老闆的老婆而不是女的老闆）所以我想沒卵頭家這名字不是多此一舉嗎。

我翻到那個故事，讀了好幾頁，覺得有點吃力，裡頭有許多詞我每個字都認得但無法確定意思，比如說「頭家」跟你有沒有當老闆一點關係都沒有，基本上只要你是個結了婚的男人，你老婆或其他女性就要叫你頭家。還有像「伊們」、「賽伊娘」，以及不斷出現的「卵葩」，原來沒卵的卵指的是卵葩而不是卵子，而且跟卵子相反，卵葩是男人才有的東西（故事裡許多男人都得了一種卵葩腫得跟芭樂一樣大的怪病）。當我確定卵葩即懶趴，這故事便像上游拉起閘門，湧出渾水沿途呼呦帶上乾涸河床上的石礫、枝椏與卵葩，整條河咕嚕嚕動了起來。

據說我的外公外婆只說台語。小時候聽我媽在少數場合說台語，單單是幾句簡單的應答，她說得抑揚無措，頓挫雜沓。腔調我無從比較，但人在說得不如自己所想時往往躁起，舌頭腫了，聲音大了，面目也不似以往。我聽不懂也知道我媽台語說得不對勁，說台語的我媽少了她慣有的從容，變得陌生。

我問我媽為何不會說台語，她說：「對啊我的台語很爛。」這話沒有回答問題，我沒追問下去，但問題像隻幽魂攀在我腦門後，遇到別人問我為何不會說台語的時候就探出頭來。

我外公在我很小時過世了，我沒見過外婆，也沒見過我媽跟外婆聯絡。任何關於我媽小時候的問題，我都會得到最簡約的答案：是。不是。不知道。這跟專長是說話的我媽動輒兩百個小故事的習慣背道而馳。我爸跟我媽離婚後，有次我問我媽，外婆知道你離婚了嗎？我媽大概覺得時候到了，她說：我不想說。從那之後任何關於我媽家族的問題只剩下這個答案。

「我不想說」這回答有許多層意思，其中一層是我媽宣告她不再對我的每個疑惑負責，她知道答案，但她選擇不說。她把自己擺在母親這個身分之前。那姿態更像商量。「我不想說」四字很硬，但也給我添了重量。我那時不懂，只嚇一跳，說不上哪裡不一樣，當然話面上的拒絕意思也讓我害怕。

四年級的夏天，我媽第一次開車帶我回埔里。路上我問她：「外公撿骨我們不回去不行對不對？」（你明明可以不回去吧所以到底為什麼要回去？）

我媽說：「你要這樣想也行啦。」（我不想說。）

真正的問題總躲在修辭裡，答案也是。我坐在副駕駛座數著高速公路上綠色的公里牌，覺得對一個我沒去過的地方用「回去」這詞很奇怪。

下了國道，我們經過一段兩邊都是稻田的路，在一個鐵門大開的民宅前停下來。從外面看進去，屋內有兩排鐵架，灌漿水泥地上滿是紙箱，低矮的天花板上掛著手紮掃帚、大紅臉盆、竹篩、塑膠袋包著的半透明塑膠小豬撲滿與呼拉圈。我媽逕自走到最裡面打開人家的家用冰箱拿出兩瓶黑松沙士，我跟在後面，全身緊繃準備隨時開口叫人。

繞了一圈我媽回到門口，我才發現有個老人坐在那兒，赤著黑點的身體縮在藤椅裡，像牛角裡的祖先。

我媽跟老人一邊用台語交談一邊從錢包裡掏出銅板，並從桌上的罐子裡抓了三顆足球巧克力糖給我。

我媽的台語似乎不太一樣，像上岸的落水狗，波浪鼓般迅速抖去她的奇腔怪調，一開始我還以為是我的錯覺，但經過沒招牌的雜貨店買沙士、菜市場麵攤上切一盤鴨肉與炒麵、尋找把電動車停在我們車子外側去買水果的歐巴桑請她移車之類的時刻，等我們真正回到外婆家時，我媽的台語已經乾爽蓬鬆成原來的兩倍大，可以滑溜利索地跟我不認識的親戚吵架了。

在外婆家的過程是一場災難，我跟我媽連下車都沒有，一個可能是我外婆或我姨婆的老人坐在三合院門口，我媽車子沒熄火按下車窗，老人開始大聲說話，我媽也大聲說話，我隱約聽得懂一些如「台北」、「死」、「阿爸」、「孫」，其中有個詞一直出現在一來一往的互吼中，但到最後我媽用哭腔講完一串話，倒車掉頭踩油門在車窗緩緩升起時對著遠方用手抹眼的老人跟後來出來幫腔的男女們吼了一聲「幹恁娘！」之前，我還是沒辦法確定那個詞是什麼意思。跟幾年後我在208寢室6號床上讀〈沒卵頭家〉解碼「卵葩」的經驗不一樣，三合院前鬧哄哄的過場，冰雹般砸下的音節，沒有什麼流動的，除了我媽的台語。

我記得我像個呆子一樣看著我媽心想你是誰啊我真的認識你嗎，還有車窗升起的速度怎麼不再快一點。

我爸是外省人。我問他：你不是在台灣出生的嗎？我爸說：是啊，但我爸爸媽媽不是。因為在嘉義大林長大還有當過兵的關係我爸台語很好，不過他講台語是被動的，只有在別人對他說台語時他才會以台語回答，想當然耳他也沒跟我說過台語。「à-soa^{n}-á是什麼？」從埔里回來後我問我爸。「外省人。」我爸說。

我媽與她神祕的台語能力讓我一直翻來覆去，當我想到有可能我媽的台語不好是一種表演，我就背脊發涼。又或我媽是不自覺的，在離家的過程中也離棄了家的語言，在她到台北工作結婚生子的漫長數十年裡，又或更早，從她走出家門去上國民學校的那一刻起，她便像潑出去的水一樣，首要變成各種形狀。

多年後我讀到一段文字大意是：「不要嘲笑說話有口音的人，因為那是勇敢的標誌。敢到一塊陌生的土地上，用另一個國家的語言說話，那是勇敢的標誌。」我想到了我媽，也想到了我爸。

埔里過後，我媽很快又成了一個台語支離破碎的人。只剩下我鎮日豎耳睨眼，想探出她的原型，不得安寧。

○

除了李嘉欣外，208寢室裡的其他四人與我都還有聯繫，拜社交與通訊軟體之賜。所謂聯繫也就是電腦手機螢幕亮起時的一個小綠圓圈，我們安靜地蹲在彼此的虛擬朋友欄底部，等待意外、災禍、死亡的破口將我們篩出滾籃，咕嚕嚕嚕轉落在群組聚焦鏡頭前。

我把208寢室每個人出現的部分剪成文字檔傳給了她們。

謝宣淇：你好可怕，居然記得我跟你講的第一句話，記憶王來著！

陳玉恬：（已讀）

張愉心：章魚哈哈哈哈章魚可愛多了好嗎

我早就放棄了啦

上次我連去面試都直接跟考官說你可以叫我蟑螂

這梗很好用耶

高英華：哈哈，國一的我真的是那樣嗎？期待你出書喔：）

〈牛角裡的祖先〉跟〈藍鬍子〉放在同一本故事集裡，說的是一個疲累的旅人傍晚來到一個漂亮的農莊前。旅人想，在這裡休息一晚應該不錯。他走進莊園大門，看見一個鬢髮蒼蒼的老人在門口砍柴。

「主人你好，請問我可以在這裡住一晚嗎？」旅人說。

「我不是這房子的主人，進去屋裡廚房找我父親說吧。」老人說。

旅人走到廚房看到一個更老的人，跪在爐灶前吹柴火。

「主人你好，請問我可以在這裡住一晚嗎？」旅人說。

「我不是這房子的主人，你要找我的父親，他坐在起居室的桌子旁。」老人說。

旅人走進起居室，桌子旁坐著一個比之前兩人更老的人，他齒搖身抖，坐在那裡讀書，看起來簡直像個小孩。

「你好主人，今天晚上我可以在這裡休息嗎？」

「我不是這房子的主人，去跟我父親說，他坐在那邊的板凳上。」

旅人走到坐在板凳上的人身邊，那人正在給菸斗裝菸絲，他的手抖到快要握不住菸斗。

「晚安主人，我可以在這裡住一晚嗎？」

「我不是這房子的主人，」那枯朽的老人說：「去跟我父親說，他在床上。」

旅人走到床邊，床上躺著一個超級超級老的人，全身上下似乎只剩一雙咕嚕嚕的眼睛還活著。

「晚安主人，請問我可以在這裡過夜嗎？」

「我不是這房子的主人，去跟我父親說，他躺在搖籃裡。」

旅人走到搖籃邊，裡頭躺著一個上古的人，整個人縮到跟嬰兒差不多大，除了偶爾從他喉嚨裡發出的聲音之外，實在讓人感受不到他還活著。

「晚安主人，我可以在這裡住一晚嗎？」

過了很久很久旅人才聽見答案，他說他不是這房子的主人，「去問我父親，他在牆上掛著的牛角裡。」

旅人掃視那面牆，最後終於看見掛在那兒的牛角，他探頭看裡面，只看到一小塊像人臉的皺皮。

旅人嚇了一大跳，大喊：「晚安主人！請問可以讓我在這裡過一晚嗎？」牛角裡傳來「吱」的一聲，像小老鼠的聲音，便是那人竭盡所能發出的，似乎是「可以」之類的回答。

此刻旅人坐在桌邊，上頭有許多美食，有啤酒與白蘭地酒，他酒足飯飽，在臥房等著他的是鋪著小鹿皮的床榻。旅人非常高興他終於找到這房子真正的主人。

——完

如果不去追究人類到底可以活多老的客觀知識，這故事直到牛角出現前都還算寫實，就是有點多餘。第一個老人只要說「我不是這房子的主人，進去屋裡跟我曾祖父的曾祖父說吧，他在牆上掛著的牛角裡。」故事就結束了。當然這樣寫就沒有故事了。要能欣賞「人老到可以住進牛角掛在牆上」這麼華麗的畫面是需要準備的，需要七個老到哭爸的人拉開助跑道才行。

○

143 ——— 142

國一開學沒多久的晚上，我洗完澡坐在家樂家的戶外梯上看書等熄燈，聽見上方的樓梯說：「學妹你好用功喔。」我抬頭，一個女孩子抓著樓梯欄杆彎腰低頭看著我，綁著的馬尾垂在倒著的臉頰前一晃一晃。她穿著史努比圖案的上衣跟短褲，準備睡覺的打扮，我從樓梯欄杆間看見她的身體，寬鬆的罩衫裡是小小壺嘴般的乳房。後來我跟予善說，我是先看到她的乳房，才看到她的臉。

「你這個色情狂！」予善抓緊衣領裝腔作勢說。

「你才色情狂，」我說：「我看了罪惡感很重好嗎。」

予善比我大兩歲，雖然讀國三，但事實上她對露月跟我一樣陌生。她是轉學生，跟我同一天搬進家樂家。予善本來念學區國中，國二時交了男朋友鐵支。把她關進住宿女校是予善爸媽拆散她跟鐵支的眾多方法之一。她從進來第一天就開始研究要怎麼逃出去。她說高中部學姐告訴她一條祕密通道，圖書館旁面的長廊走到底，鑽過低矮樹叢，穿過學校下方的樹林，到達一段掉了幾塊磚頭的牆，牆邊有前人留下的一把椅子，踩上去翻過牆外就是公車站牌，可以直接坐到市區。

一開始我們每天晚上熄燈前都在家樂家二樓到三樓的戶外梯上巧遇，予善很快對我說起她的男朋友。

「好想出去喔，好想出去找他喔。」予善在九月碩大的月亮下拿著鐵支的照片說。

蛙鳴蟲嘶不可數，樹林下方道路上車行咻咻，我數著輪胎捲過柏油的聲音，露月大道再過去小小的灰白方塊是教學大樓，背後的黑幕雲片暗成一色，教學大樓彷彿長上了天裡，巨不可當。我忖度白日路徑與教室方位，盯著其中一角。予善的暗示如此明白，我好奇不問對的問題會發生什麼事。

我們教室應該是那間。我指著說。

予善說：我好想他喔。

我把牛奶放在教室抽屜耶，不知道明天會不會臭掉。我說。

予善說：高中學姐跟我說去年有人翻牆出去跳舞，一直到早上才回來。

我說：那他有跳到鞋子破掉嗎啊哈哈哈。

這類對話持續了一陣，我們的巧遇從戶外梯上轉到頂樓的晒衣場，晒衣場的照明不如戶外梯，但月亮更大，十月了風更酷涼，底下的夜景更清楚，予善說起她跟鐵支的事更大膽了。

某個禮拜一晚上，剛返校的予善穿著史努比罩衫出現在晒衣場，指著脖子上一塊指節大小的淡紅印記神祕兮兮地問：你知道這是什麼嗎？我說：蚊子咬嗎？

我跟予善的對話已經進入舒服的軌道，我喜歡不受教，她喜歡教我。

予善告訴我那是草莓。要在皮很薄的地方親很大力很大力才會有草莓，她說起來好像打電動，站對位置跳起來可以憑空頂出星星。昨晚鐵支送她回家，他們在她家巷子口的飲料販賣機旁邊親很久。鐵支把她壓在牆上，從額頭親到耳朵親到嘴唇親到脖子，他說，你是我的。她回家才發現脖子紅了一塊。他的那邊很硬，頂得她一直笑，鐵支覺得不好笑，他憋得很難受。

託我媽與健康教育課的福，我知道吻痕，知道勃起，知道性交。然而是予善和鐵支讓這些詞動了起來，予善和鐵支是我人生的第一部色情片。

我為翻牆擬了一個古典到尷尬的名字叫「紅杏」。予善說：「好遜喔。」但她沒有更好的想法。一般露月學生是週一進校，週五離校。露月允許學生在禮拜三放學後返家過夜，禮拜四早上再回來，不過你要在開學前先申請才行，申請書需要家長簽名。因此通常禮拜三放學時間學校會混亂一點，許多家長在校門口等待接人，有些學生自己簽離後走出校門搭公車，門口警衛事情也多。

我跟予善打算在某個禮拜三放學後翻牆出去，晚上熄燈前再翻牆回宿舍。我們有一本計算紙專門寫紅杏計畫，我寫了拿到樓上國三教室給她，她寫了再拿到家樂家戶外梯上拿給我。予善寫的全是出牆後的事，我寫的全是出牆前的事。

露月中學建在坡地上，校地涵蓋整片山頭。學校在圖書館後方種了一片山櫻花，名為櫻坡，櫻坡之外多是楓香與無患子。小時候我曾在人行道上撿到無患子以為是龍眼誤食，我爸在小兒科等叫號時對著哭哭啼啼的我說，以前的人認為那種樹做成的木棒可以殺鬼，所以它叫「無患」啊，就是沒有災禍的意思，你吃到肚子裡以後鬼都怕你。這話一點也沒有安慰到我，我只知道我吞了連鬼都能殺的東西，我記得了果實的名字。

老楓香樹開始變色，天突然黑得明白，我記錄太陽下山的時間，從七點多突然在兩三天內變成六點多，然後便進入下課沒多久五點多路燈就亮起的日子。

放學後我迫不及待離開教室進入黃昏。黃昏很香，有時是工友整圃的草腥，有時不知哪飄來燒乾柴的甜煙，學校廚房大鍋大鍋煮飯燒湯，廚餘桶滿了，剜去的瓜皮果核葉梗堆在牆邊安靜地發酵，餐廳外長排的洗手台水龍頭接著塑膠黃管嘩啦啦流著意味清潔的水聲，籃子裡浸泡的菠菜葉從夾縫溢逃最後落在排水孔上轉個不停。

那些獨自走來走去五感充滿的時間裡，在一種挑戰自己的衝動下，我第一次發現關於一樣東西，任何一樣東西，可說的事沒有盡頭。

就好比上面那片轉個不停的排水孔菠菜葉，它是從哪來的？之後打哪去？轉個不停讓我想起芭蕾舞者，豎起小小的維持平衡的菜梗手臂。菠菜煮起來總比其他菜軟爛，咬了牙齒發澀，上次晚餐菜單上有燙菠菜，晚自習我至少看到兩個同學牙齒卡綠渣，我跑到廁所裡咧嘴笑了一下，漱了兩口水才回位置上坐好。我不特別喜歡菠菜，我甚至不認識誰特別喜歡菠菜。聽說西方人會生吃菠菜，這麼說我若去撿起那片排水孔菠菜洗洗吃了也是它一種歸宿。但我討厭生菜，在被規範的露月日常裡，想自己煮大概只能拿保溫杯去廁所飲水機裝熱水把那片菠菜葉丟進去燙熟再撈出來吃。如果都不吃收著，它多久會腐爛呢？菠菜葉可以壓書裡吸乾水分像那些老楓香葉般做成書籤嗎？菠菜書籤。我在圖書館借的書有好幾本裡頭都有小小像赤星一樣的楓香葉，這片菠菜如果進了書裡之後會去哪裡呢？

關於那片菠菜我可以寫一萬字。這樣的事讓我的心像一顆脹起的氣球，感到自己可以生產可以擁有無比踏實的東西，沒有人能夠刺探，也沒有人能夠奪走。我爸與我媽再也不會一起問我今天發生什麼事了，一想到這我便齒根痠楚，我將無邊無際的菠菜端端正正地塞進那個空洞，正因如此，就算他們分別問起，我也無法告訴他們任何一個人那些正在發生的，我所收集的關於任何一個微小之物的地老天荒。

我在計算紙上畫了地圖，但教室之上櫻坡之後我畫不出來。我跟予善決定去探路。我們約好放學在櫻坡見，予善蹦蹦跳跳來了。我們沿著櫻坡旁邊的小徑往下走，我有點擔心如果遇到岔路要怎麼辦。予善走在我前面，樹之間是更多的樹，樹之上是更多的樹。予善被蜘蛛絲蓋臉後跑到我後面，儘管她比我更想先到達那堵牆，但她痛恨會飛的蟲子。

黃昏似網，空氣一層層涮上薄橙汁直至濃稠的金橘。我們不停往前走，無邊際的陌生樹林讓我不安，但我告訴自己，第一次是這樣，就像跟我媽開車去埔里，就像我九月時到露月。去時覺得遠，沒去過的地方總像到不了那樣地遠。

時間很長，十三歲的時間是一條莫比烏斯環，我孔洞大開地走在雙倍的信息量上，那時我不知道，以為一輩子時間都會這麼長。我不知道童年與成年之間將有明確一剪，時間將斷成一線往單一方向頭也不回奔去，萬物將扁平成兩面，一體正反，冰山上下。

我跟予善討論了許久的翻牆，那牆早在我腦袋裡，我朝著它走，它長得像世界民間故事裡那些窮苦村莊的可疑插畫。我眨起一隻眼從斷垣殘壁間望去，可以看見剛開走的２８５號公車與對街掛著年菜廣告布條的全家便利商店。

那邊！予善大叫。我們看到了牆。牆邊沒有椅子，只有一些散置的磚頭。這牆大致是沿著我們一路走來的小徑築的，只是前半段的牆離小徑遠些，淹沒在樹林後面，我們也沒想過要離開小徑往樹林鑽找，因此一直到小徑與牆貼近的區段我們才陡然發現牆原來一直都在。

我跟予善把散落的磚頭疊起來，牆邊滿是落葉，磚頭底下棲著蚯蚓、螞蟻與鼠婦，磚塊一提牠們便四處逃竄，蚯蚓喇叭般伸縮滑亮的緋紅環節努力往土裡鑽，我隨手撿起旁邊乾枯的老楓香葉蓋住牠們。

小學時我爸媽帶我去散步的人行道上經常有毛蟲。我爸會撿一根小樹枝蹲在地上耐心等牠爬上去，毛蟲繞過我爸的樹枝，我爸就伸手再試。我跟他一起蹲點，當你這麼近看一隻毛蟲，你會突然變成毛蟲，那從天而降鬼打牆的龐然大棍絕對有詐，誰爬上誰倒楣。但毛蟲最後總是爬了，胖手指般的粗針鈍毛裡有張驚惶無奈的臉吧？我爸把攀著木枝的毛蟲放回旁邊的樹上。

有幾次，本來拽來扭去的毛蟲突然團成一球不動，我爸用兩小枝夾起擺在路旁。牠死了嗎？我問。我爸說沒有，牠裝的。我盯著蟲球直到牠伸展開急急忙忙朝樹叢扭去，我才趕緊追上走遠的大人。

我問我爸為何要把毛蟲放回樹上，他說等牠回來報恩啊。我媽翻了個白眼，正經會要我爸的命。此後只要蝴蝶飛近我爸，我就想起他救過的毛蟲們。但他說散步那條路上都是燈蛾幼蟲，也可以啦，我家乾濕無法分離的浴室天花板永遠停了不只一隻。

遇上繁殖時節，更多是來不及救的路殺毛蟲。我用樹葉托著蜷起的小屍體放回旁邊的泥土上，我爸以為我懂對死的憐憫，其實我一心想救假死的自己。

我踩穩磚頭一蹬，腳下的乾葉發出沙沙聲。予善扶著我的腰，我墊起腳尖勉強可以看到牆外，確實是285號公車亭附近，對街是公寓住宅，週一早上我媽或我爸載我回露月時都會經過這一段路。公寓一樓前有廢棄的早餐攤車，上面擺了張堆灰缺角的白色壓克力板，手寫紅字「飯糰10元」。有人用黑筆在前面加了個「幹」字。

你看到什麼？予善問。

幹飯糰10元。我說。

予善笑的時候扶著我腰的手抖個不停讓我也很想笑，我從磚頭上跳下來，天瞬間暗了，我跟予善開始往回跑，我不記得回去的路上風景，但我在208寢室6號床上迫不及待在計算紙上補完地圖，並把計畫名稱的「紅杏」劃掉改為「飯糰」。我畫了長長的小徑，小徑終點的牆，牆外是市區連往露月的道路，我標出了幹飯糰的位置，鐵支到時會將車停在這裡等著。

放學後我跟林孟容一起去活動中心打羽毛球，經常遇到李嘉欣與石晴。林孟容與石晴對我的笑話很捧場，李嘉欣照例非常自制，她要真笑起來一定別過頭去。我們打雙打，到了吃晚餐的時間便一起去餐廳吃飯。林孟容愛笑的臉逐漸冒出許多青春痘，只要當天餐廳菜單有炸物她就生氣地回寢室用湯匙挖乾麥片吃。我身邊總是有人以各種理由不吃各種東西。林孟容不吃炸的因為會長痘子，石晴不吃茄子因為她討厭紫色，李嘉欣不吃香蕉因為香蕉很臭，予善不吃整條的魚因為魚在看她。

我媽不吃這一套，在我們家食物只分能吃跟不能吃，沒有喜歡不喜歡。她不接受用「噁心」來形容食物。小時候有一次我牛奶只喝了一口，我媽問我為什麼，我說好噁。我媽便拿走所有食物，直到我把牛奶喝完。她收空杯時發現杯底都是豆花。我拉了一天肚子。事後我媽看著我的眼睛向我道歉，我記得她說：「對不起，我應該自己先喝一口看看。」

我媽在許多地方有奇特的堅持，包括道歉這事。她經常道歉，有時候我覺得她樂於其中，她甚至說出「對不起我太常道歉了」這樣的話。她的道歉不是那種反射性地，不小心踩到你腳的「對不起對不起」，而是有事件，有立場之後有反省的「對不起」。這種對不起是拉了一天的肚子裡墊上的第一口稀飯，對她對我都有恢復之意。

晚上回寢室到熄燈前的那一小時我有時在頂樓晒衣場與予善鬼混，有時留寢室躺上鋪看書。我們寢室離樓梯口最近，經常有人來串門。十三歲少女們帶來的消息五顏六色——說的是明天考試很煩，我有麵包誰要吃，對著小鏡子擠痘子一聲濃鼻音的「齁」——每個人在這裡都是全新的人，吐出的每個字都是自介。這跟小學下課同學聊天不一樣，穿著睡衣拖鞋剛洗完臉會讓你忘記身邊的人不是家人，於是穿著睡衣拖鞋剛洗完臉身邊的人就是家人。我們拿家裡的規矩解釋寢室的秩序，處處是無傷大雅的意見不合。

最讓我著迷的，她們用一種我從未聽過的親暱對我說話，「幫我加水水罷託！」「陪人家下去拿信嘛！」「肉色衛生衣好噁喲嗯嗯嗯。」「管屁管！」

那些黏長的尾音，曖昧的自稱，刻意的錯舌，幼兒腔包裝的指使訕笑要求拒絕，極其粗暴，何等甜蜜。

在我進露月之前，世界幾乎沒人這麼說話。小學裡有些人在眾目睽睽下會出現一些我沒見過的舉止，比如音樂老師選合唱團團員時，點名宋慧冠第一個上台試唱，宋慧冠坐在我斜後方，我轉頭看她，她一聽到自己名字馬上趴在桌上，動也不動像是死了一般。倏地她又抬起頭來，因為用力而甩飛的髮絲拂過她脹紅的臉，尷尬而故作鎮定的抿嘴看起來不像生氣反像微笑，然後她發出了一個很輕很輕的，有點像小貓的聲音，像咩或嗯或咪總之是一種閉著嘴可以發出的，帶鼻息的聲音，同時用手撐著桌緣，屁股將木椅子往後推，一臉生無可戀地站了起來。

要怎麼說我的感覺呢？大概就是如果剛才那段錄成影片我會連續重看一千次的地步。我第一次有想把這一連串舉止學起來的衝動。有時候我媽會突然對我說：不要裝可愛，用裝的可愛一點都不可愛。我對她為何這麼說是一頭霧水，現在想起來應該是我的模仿拙劣。更有甚者，我媽是個反可愛的基進派，裝或不裝，我的可愛註定是要失敗的。

○

予善是第一個說我可愛的人。予善已經死了。她是死亡賓果之夜朋友籃第一顆滾出來的小圓球。

據說十九歲的她用絲巾套了個環，像一隻滑不溜丟的海豚跳進衣櫃深處。但在我們認識的，她十五歲的那一年，我是完全感受不到她帶有死亡氣息的。十三歲的我又知道什麼呢？我只想像自己的死亡，說得更準確一點，我只能想像自己的死亡，我懷疑世界對我提不起興趣，我想像我也退，退到死亡後面，看看我爸跟我媽會不會一起蹲下來看我，用小枝條把我夾起。

當時我很清楚，我太喜歡想像死亡，真死了就沒辦法做這麼有趣的活動了。這些事我誰都沒說，我覺得很丟臉，我不記得我跟予善有聊到死亡的時候。在計劃翻牆的那一年，我們花所有時間在給對方講述自己剛剛發生的事，或將要發生的事。予善經常說我可愛。

你知道這是什麼嗎？

蚊子咬嗎？

不是啦！你很可愛捏。

高中學姐跟我說去年有人翻牆出去跳舞，一直到早上才回來。

那他有跳到鞋子破掉嗎啊哈哈哈。

沒有好嗎！你很可愛捏。

我完全可以看見予善這麼說的樣子。但予善真的有這麼說嗎？我不確定，也無法查證了。也許正因為這樣，當我回頭再讀我寫到予善的地方，沒有人可以跟我一起在底下拉著「」裡的句子，以至於那些段落快要飛上天去——我不願這麼想——讀起來竟像小說。

我媽雖然沒說，可我從很小就明白她對許多女性特質避之唯恐不及。儘管她化妝打扮（包括使用睫毛膏），衣櫃裡也有裙子與洋裝，但她用一種不言傳的方式確保我知道，那些都是必要之惡，像外婆家裡的狼，為了要填飽肚子，決定暫時塞進碎花睡衣與蕾絲小帽裡。對她來說，可愛是一種選擇，真正的可愛則是背叛。

小學時每個禮拜三是便服日，我媽會鼓勵我穿裙子或洋裝，但她不會說「我們女生要穿這個」。她說：「穿這個可以變成女生。」

我大聲說：但我是女生啊。

我媽說：那只是一種說法。

什麼意思，女生只是一種說法。溝通只是吵架的一種說法，雞雞只是陰莖的一種說法，「說謊家」只是「你今天發生什麼事」的一種說法。現在想起來，我媽想說的是女生只是某種階段性的，有目的的，片面的措辭，用來表示……什麼呢？那個躲在女生裡面最終的真正的合時合宜的我到底是什麼？

這種被迫要辯解自己的事讓小學的我對她說的話產生了近乎直覺的抗拒。我媽很快注意到這一點，於是有了更多的說法：

穿這件，讓你的腿看起來更長；戴這個，你會看起來比較成熟。

我終於知道她為何這樣說話。我媽認為我們應該要隨時保持警覺，按照今日世界的敵意來調整自己的女性特質，幫助你達成人生的追求。有方向的具體動機比無靶可畫的「可愛」容易理解，種種說法都是要預備我，避免我不知所謂地追求那飄忽的可愛，而困惑，而迷失。不過她與我都沒料到，我的青春期竟是在困惑與迷失中，被可愛拾起的過程。

排除萬難出去跳舞跳到鞋子破掉的是公主。有十二個公主住在城堡裡，她們睡同一個房間，到哪裡都在一起。他們的爸爸，也就是國王，非常愛她們，但有一件事國王想不透：每一天晚上公主們上床前睡覺前她們擺在床邊的鞋子都好好的，隔天早上醒來時十二雙鞋都破了。國王問女兒們晚上發生了什麼事，公主們不說。國王下令只要有誰可以解開公主們的隔夜破鞋之謎，便可以娶公主為妻並繼承他的王國。但如果來者三天內沒有解決問題，處以死刑。

一個獵人來了。獵人在前往城堡的路上遇到了神祕的老人，老人給他一件隱形斗篷，並叮囑他不要吃公主們給他的食物。

第一天晚上住在公主隔壁房間的獵人假裝喝了公主們送來的酒，假裝打呼。公主們窸窸窣窣著裝，獵人披上隱形斗篷，跟在十二個公主後面，走進了她們房間地板暗門下的世界。經過了銀葉樹，金葉樹，鑽石葉樹，最後來到了地底的河邊，十二個公主上了十二艘小船，有十二個王子正在彼岸的宮殿裡等待她們。公主王子一對對開始不斷跳舞，開心了一整夜，快天亮時公主們才拖著跳得破爛的舞鞋，跳上小船，穿過地底的樹林，回到自己的房間。

獵人跟蹤了三天，偷偷摘下金樹銀樹鑽石樹的樹枝作證物，最後將他看見的情況告訴國王。國王依約讓獵人選擇一個公主結婚，獵人選了年紀最大的公主，結婚之後獵人繼承了王國。

——完

這個故事問題多到不知從何說起。不如讓年紀最大的公主說一次：

我跟爸爸還有十一個妹妹住在一起，我們姊妹每天都在家裡，爸爸不准我們出門，也不准我們交朋友，我們只好每天晚上都趁爸爸睡著的時候偷偷出門找朋友。爸爸覺得怪怪的，他想知道我們晚上在幹嘛，但我們姊妹們約好不能說，於是爸爸找人來跟蹤我們。跟蹤的人發現了我們出去玩的事，我們沒辦法去找朋友了，最後爸爸強迫我嫁給那個跟蹤我的人，然後把我們家送給了他。

○

我跟予善第一次翻牆，鐵支在另一邊等我們，他開了他朋友的車，後車廂裡有小型的伸縮鋁梯。牆內的散磚頭比我想像的多，我跟予善把它們疊成階梯，大概到第五格左右就很輕鬆地側翻跨出牆外。予善先過，再我。天雖然黑了，但是對街的商店燈很亮，我們蹲低身體躲進鐵支的車裡才檢查自己腳上的擦傷。予善說：好啦，你們兩個，喂，鐵支，阿丹，阿丹，鐵支。

嗨。鐵支坐在駕駛座轉頭對我說。我只看到他兩排白牙。

那晚我們沒跑很遠，鐵支的手好像沒辦法離開予善的身體，我看他左手開車右手緊緊抓住予善的大腿，只要遇到紅燈就勾著她的頸子，搭肩索吻。我覺得禮貌上我應該看窗外，但他們那像是哥們的舉止最後卻停在兩人互捧臉頰彷彿要把對方內臟吸出來的姿態給我莫大的震撼，我忍不住一直斜眼瞄他們。

我讀的最後一間幼稚園裡有一棵枝繁葉茂的桑椹樹，大概過了兒童節之後就會開始結果，掉在地上的桑椹被奔跑的小孩踩在腳底拖行猶如院子土地上的一百隻小畫筆。跌倒小孩的膝頭、手掌或衣服前襟經常染上黑紫色的汁液。我們在樹下尋找形狀完美的桑椹，拿到石砌的洗手水槽下隨便沖沖就丟進嘴裡。經常也有淡綠色或白色的桑椹，還沒有成熟的桑椹非常酸，紫桑椹是金幣，白桑椹是銅幣。

我是轉學生，有一個我不記得名字的女生會跟我一起玩，說是一起玩嘛大部分是她要我跟在她後面，下課時間在花圃在操場在桑椹樹下走來走去，現在想起來彷彿是千金跟丫鬟的關係。千金有個愛慕者，老是撿了桑椹跑來放她手裡，千金鎮日走來走去像是某種移動式的等待，總之他倆經常這樣來來去去，周遭瀰漫著一種六歲的我從沒呼吸過的空氣。

我大概到小學高年級才學到曖昧這個詞，但清楚的是，我很靠近一股躁動，跟酸甜的桑椹汁液、五月的泥土與濕雨，還有小朋友手掌大小的水龍頭旋鈕下湧出的冰涼水柱全混在一起。

幼稚園給大家看電影，1982年的《E.T.》。我們排排坐在一層一層的表演階梯上，盯著前方的小電視。千金跟她的愛慕者坐在最後也是最高的一排，這次我不在她後面了，我在他們前面，剛好擋住他們的膝蓋。

園長跟老師關上室內燈，電影開始。沒多久我後面傳來窸窸窣窣的聲音，我轉頭，看見他們兩個併腿促膝，十指交握，我趕緊轉回螢幕，電視上小女孩跟著哥哥找到了一個皺巴巴的怪物，溫和的怪物，有點好笑的怪物，那就是我記得的全部。

一直到我大學有機會重看這部電影之前，很長一段時間，《E.T.》退成純粹的光影，只有亮跟暗兩個部分，我記得它暗的時候比較多，螢幕上的暗湧進那個小教室的時候，我後面就傳來嘴的聲音，不是說話，是嘴唇張合，有時清脆有時濕黏的聲音。亮的時候，我總是忍不住回頭，看他們兩個握著手，認真地盯著前方，光也在他們的眼睛裡。

鐵支把車開到了附近的山路口，我說我要下車透氣，把車廂與暗留給他們，在路旁找了塊石頭坐下來。我需要想一些事情。就在我跟予善翻牆的前一週，發生了一件令我百思不得其解的事。

更早之前有天晚自習後我們六人都待在寢室裡，幾個在床上，幾個在書桌前，大家有一搭沒一搭地聊了很久的天，連謝宣淇第五百次從背後偷看正在寫信的高英華並故意怪腔怪調地說：「維大力？」高英華也沒生氣，而且居然還開口告訴我們那每個月會寄到家樂家給她的上頭有英文寄件地址的信是誰寫的。

熄燈前張瑜心把乳液放進衣櫃，蹦蹦跳跳地回到她床邊，突然大聲宣布：我要跟你們每個人親親晚安。接著她跳到謝宣淇床邊，像隻啄木鳥啄了她臉頰一下說：「晚安。」

在我還沒上學的時候，據說有一天下午我睡了兩小時午覺，跟我爸到附近公園溜了半小時滑梯，回家洗完澡坐在客廳小板凳上吃我媽剛煮好熱呼呼的排骨稀飯時，突然問我媽，我想跟神說話，要怎麼說呢？

我當然不記得這件事了，因此多年後當我媽突然反芻似的吐出這個小故事時，我第一次遇見那個想跟神說話的我，可惜那個我只活了五秒。因為接下來我媽告訴我，她推測那個傍晚，睡飽玩飽吃飽清潔乾淨被父母環繞的我第一次經歷了一種感覺，「像萬花筒有沒有，」我媽說。

我想我媽的意思是，那些興奮、甜蜜、溫暖、饜足與不捨得，開合重組開合重組然後從我的身體滿了出來，擠進一句小小的祈求裡。我媽說完她的推測後，那個身體如炸開萬花筒吐了一小口的我隨即取代了五秒前那個貌似想跟神說話的我。

很奇怪，因為我有點想念那個只活了五秒，神神祕祕的我。儘管萬花筒的我讓我幾乎可以理解那晚在充滿阿華田熱氣與乳液淡香與祕密的寢室裡，從張瑜心身體滿出來的「我要跟你們每個人親親晚安」是怎麼一回事，不過眼看張瑜心從1號床開始啄謝宣淇的臉頰，我的不安很快淹沒了某種模糊短命的鄉愁。

我的爸爸與媽媽跟我說再怎麼多的話，我們就是說話。走在路上我媽老是放開我牽她的手，我如果再牽，她會認真地告訴我：媽媽不喜歡牽手。她說起來好像「媽媽不喜歡冬天」或「媽媽不喜歡恐怖片」之類的事。應該是真的，因為我不記得看過我媽跟我爸牽手，更不用說抱抱親親了。

看著張瑜心從謝宣淇、陳玉恬一路親到高英華，連高英華都從棉被裡露出臉來往前傾迎向張瑜心並小聲地說了「晚安」，我盤腿坐在6號床上舖彷彿最後一節正在爬坡的雲霄飛車，手指深陷進棉被裡。我可以拒絕嗎？怎麼拒絕？我媽經常說的事情其中一項就是你可以拒絕別人。但這句話比鬼還蒼白，因為我爸媽離婚，我進入露月到我現在穿著睡衣跟五個認識沒多久的人睡在同一個房間的這一切都不是我拒絕就可以避免的事。

來了。張瑜心站在我床下向我伸出雙手。

張瑜心蹦跳跳走了。

之後謝宣淇與陳玉恬說：「我也要！」李嘉欣有時，高英華從不主動也不迴避，我自己則沒有一個準則。有時我想學張瑜心蹦蹦一床床去討親，有時我想學謝宣淇理直氣壯踩線，有時我想學高英華的梨渦。但讓我百思不得其解的事並不是這個。

那一晚我跟予善在晒衣場待到熄燈前一分鐘，衝進浴室刷牙洗臉時，舍監的影子已經在走廊夜燈下拉長放大直達靠近天花板的氣窗。我摸進寢室就著一點點光打開櫃子換上睡衣，關衣櫃時聽見張瑜心小聲地說：「阿丹跟我們親親晚安喔。」

就像之前的任何一晚。最後我走到李嘉欣的床沿，俯身親她臉頰，突然感覺她依著我臉頰的唇也動了一下。「晚安？」我起身不確定看著她，她瞇起笑眼別過頭抿著嘴擠出一聲充滿鼻音的「晚安」。

那表情我可以重複看一萬遍。所以我一直在想這件事，但當你一直想一件事，你會開始分不清楚你想的是那件事，還是在想你在想那件事。後者有點像翻拍，具備所有資訊但低畫素。所以我趕緊把它寫在筆記本裡，比如說像這樣：

「寢室裡每個人在十點熄燈前後輪流到每一個人的床邊親親晚安，昨晚我是最後一個，最後到了李嘉欣旁邊。我親了她左臉一下說晚安，我的左邊臉頰離她很近，突然覺得臉癢癢的，原來她也親了我一下。」

重讀幾次後我開始從這段記錄去想那件事，出來的畫面似乎跟我原本的畫面不太一樣，然後我發現自己有點忘記原本的畫面。

如果這還不夠複雜，可以再加上這個：我其實不太確定李嘉欣有沒有親我。

我坐在山路旁的石頭上，覺得就算我坐在這裡一整晚，也沒辦法用想的想出這一切有沒有發生。在這一片迷霧前方清楚得要命的是李嘉欣的表情，我非常想要再看到一次。

我跟予善踩著鋁梯翻牆回到露月，拿著鐵支借我們的手電筒，幾乎是用跑的回到櫻坡，到了教室大樓我們才放慢腳步。九點晚自習剛結束，我們進入散在露月大道上步行回宿舍的人流，像奶油企圖化入茶裡。奔跑的動量還在我們體內亂竄，予善跳上來勾著我的肩在我耳邊說：我把胸罩給他了。

剎那間我腦袋裡李嘉欣的表情覆上予善白色襯衫下立起的小小壺嘴，我裝模作樣地倒抽一口大氣：「超色！」然後我們又跑了起來。

○

我跟周可儀約在捷運站附近的咖啡店。自從跟徐文芳與208寢傳過訊息之後，我暗自決定要儘可能親自拜訪我將告知被我寫進回憶錄裡的人。我要在他們讀完跟他們有關部分的那一秒鐘看著他們的眼睛。因為網路上交談的時間差是思想的修圖，反應的濾鏡。已讀未回的時間就算只是幾秒鐘，也是狡猾骨溜充滿算計。

我比約定時間早到了十五分鐘，周可儀一進咖啡店我就認出她來。儘管我們上一次見面是小學，但她有一些質地，像織物的針數，是洗過染過漂過剪裁過也無法改變的東西。努力盯著看加上一點想像力，仍然可以一廂情願地對上四年級的樣子。話雖這麼說，周可儀還沒出現的那十五分鐘，所有走進咖啡店的女性似乎都有組成周可儀的潛力。

一開始有點尷尬，我試著想要隨便聊些什麼，直到周可儀指著我桌上的牛皮紙袋說：「那是要給我看的東西嗎？」

我很快發現跟周可儀說話可以捨去大部分周旋，她似乎也以小學的印象來面對我。我跟她解釋，我要給她看的是有她出現的部分，她讀完了可以告訴我她的想法。

我將第一頁拿給她，讀的時候她伸出右手食指在紙上逐字往下滑，我坐在她對面，隨著她指尖在上下顛倒的字裡行間移動，那些段落我讀過太多次了，但周可儀的視線讓我突然對那些即將展開的事件感到興奮，好像我睜開的是周可儀的眼睛。

小學四年級的時候，我爸跟我媽離婚了。我爸媽離婚前一點跡象也沒有，從我有印象開始，他們兩人總是有說有笑。只有幾次我晚上從房間出來看見我爸跟我媽坐在客廳裡，桌上攤著幾堆紙，我覺得家裡怪怪的，也說不上來到底是哪裡怪，那時我以為是電視沒有打開的關係。聽來很不可思議，但我得說，一次，到我爸媽跟我宣布他們離婚的那一刻前，我一次，一次都沒有看過他們吵架。

當時我有個同學叫周可儀，有時候她一早來上學臉部表情不太友善，我問她怎麼了，她會說出「我爸媽昨天吵架害我沒有睡好」這種大人得要命的回答。哪一個四年級小學生會在乎自己有沒有睡好啊？沒睡好表示很晚睡，根本就是炫耀啊。我問她「為什麼？」

「因為我一直坐在房門口，確定我爸沒有殺掉我媽，到最後他們都去睡了我才敢去睡。」周可儀說。我則因為這種回答太超出我理解範圍而說不出話來。

周可儀發出一聲輕笑。

後來有一次我到周可儀家，我們在她房間裡脫紙娃娃衣服時，聽到外面客廳傳來她爸的吼叫聲。周可儀爸爸整天都在家，她媽媽在隔壁自助餐店幫忙。周可儀這麼說——「幫忙」——好像她媽在家睡好吃飽電視看膩出去透氣時剛好遇到隔壁人家拜託她看個爐火翻個鍋鏟一樣。現在想起來，她媽的職業就是自助餐店廚師，而且還是一人養全家的工作。說到幫忙，真的該幫幫忙的是她爸吧。總之在她家如果剛好遇到她媽，我們就可以拿到幾個油膩膩的十元銅板去外面投飲料喝。

周可儀面無表情。

那天我們進到她家時，他爸坐在客廳的太師椅上，前面茶几上有一整片的啤酒罐，地上也有。我還沒說周爸爸好，周可儀就拉我進去她房間。沒多久外面便傳來吼叫聲，周可儀站起來好像想去把房門鎖起來，但她的門把整個不見了，取而代之的是一個拳頭大小的洞，可以直接看到外面。

周可儀抬起頭來看我，意味深長地點了點頭。

周可儀從地上撿起一隻夾娃娃機夾到的小豬布偶塞到那個門把洞裡，她爸媽的聲音瞬間變遠，但還是聽得清楚，因為門旁邊的牆板也破了一個洞。

那是我第一次聽到別人的爸媽吵架。別人爸媽吵架這事你常聽說，但要遇上簡直像目睹海龜產卵一樣稀奇，大人都關起門來吵，你通常只聽過自己爸媽互吼，而我是連我爸媽吵架都沒見過。那天我第一次聽見周可儀爸媽吵架，周爸爸怒罵七個字的髒話最少三分鐘，到最後我覺得七字經加上句末的「咧」聽起來有點像唱歌。周媽媽則大喊「死死好了」、「膨肚短命」、「夭壽」，之後周媽媽一直尖叫，接著是砸重物的砰砰聲，我驚恐地看著周可儀，她對我聳聳肩，我心想：「以後你說啥我都信你了。」

周可儀迅速將影印紙翻面，又翻回。「就這樣嗎？」

還有。不過這裡面寫的事情你還記得嗎？

「不是，你知道嗎，」周可儀往前稍微傾身：「我怕我爸殺了我媽所以坐在房間門口等他們先睡我才敢睡這種事，我一直以為是我的祕密耶。我以為除了我男友之外我沒有跟別人說過。」

她皺了皺鼻子：「沒想到我小學時輕輕鬆鬆就跟你說了啊。」然後她大笑起來。「感覺好奇怪喔哈哈哈哈。」

周可儀此刻與我的親暱感有點虛無，彷彿擦肩而過的陌生人突然被路邊命理師攔下宣告你們前世是兩隻一起牽手午睡以防漂走的海獺，我相信她也有一樣的感覺。

「我已經不住在一心里那邊很久了，也很久沒有回去了，從我媽走了之後我就再也沒有進去過舊家了。現在那個人自己住在那裡，所以看到這邊寫我以前的房間那個門把那個洞，突然有種『啊幹！對耶那個洞！』那種感覺你懂嗎，我也記得那隻豬娃娃，就是說，你寫的應該都是真的，但是我不想去想那些事情很久了，你寫這些要幹嘛呢？不過你寫得很好笑，其實應該超悲慘的，但連我都覺得很好笑。真的。」

「我也不知道我寫這些要幹嘛，也許我會貼在網路上，或什麼的，我不知道。但因為寫的都是對我來說真正發生過的事，所以以後如果有可能會公開，我覺得應該要給被寫到的人一個心理準備，大概是這樣。所以你覺得可以嗎？」

可以啊，反正我也不叫周可儀。如果我說不可以那你要怎麼辦？

那大概就是用一些方法搞混時間跟名字讓你沒辦法告我吧哈哈哈哈。

哈哈哈哈那你幹嘛還那麼麻煩找我出來還拿給我看？

周可儀說得很有道理。也許這一切我自以為是的回憶錄寫作法底下有某種我還沒參透的深層結構在支撐。

「還有嗎？」

我將下一張紙遞給她。她端坐好，伸出右手食指沿著字行滑去。

我用紙團砸薛美琪，薛美琪媽媽到學校找老師，老師打電話到我家那天剛好是我媽來住，我媽掛上電話後問我怎麼回事。我跟她說那團紙上寫了我的十大罪狀，我很生氣，所以就把紙丟回去，不小心丟到薛美琪。當然最後一句是騙人的，我媽翻了一個白眼，意思是「好吧我知道了但不小心才怪。」

周可儀抬頭看我，臉上寫著「？」然後視線又回到她的指尖上。

我媽到學校的時候我們正在上數學，她穿著黑色煙管褲，繫著麂皮寬腰帶，她的藕色風衣沒有上扣，衣領立起，裡頭是幾何圖形的絲質襯衫。她走到我們教室門口才摘下半臉大的墨鏡，眼影是她最喜歡的水藍色，細薄一指抹在她的內雙眼褶上。

周可儀噓聲說：喂，你媽來了！

許多人馬上轉頭看我。

那時小學學校像個結界，非非常時刻不會出現通道，尤其是上課上到一半的時候。所以當我媽像個配色華麗的陰陽師站在結界入口舉起手，我有一種很複雜的感覺。

「我記得你媽。」周可儀頭也沒抬。

老師要我們自己做下一題便走出教室。當然沒人真正在做題目，班長喊了幾次「不要講話！」整個教室仍然浮著嗡嗡聲。周可儀問我：你媽來幹嘛？我說：不知道。周可儀說：一定跟前幾天薛美琪他媽來的事情有關係。然後她轉頭看了薛美琪一眼。

「到底誰是薛美琪。」周可儀喃喃自語。

周可儀雖是我四年級少數的女生朋友，但我們也沒有每節下課都在一起或什麼的，她只是對兒童會一點興趣也沒有，然後因為住得近我們會一起走路回家，經過她家門口偶爾她會問我要不要進去一下。

就在這時我想到有件事我沒告訴她，事實上，我沒有告訴任何人，但我以為在這個班上若要說誰可以稍微聽我即將說的事，不大驚小怪的，不馬上再去告訴別人的，那也就是周可儀了。我拍拍她的肩膀，靠近她耳邊說：我爸媽離婚了。

周可儀果然沒讓我失望。是喔，她說：好好喔。

「我知道誰是薛美琪了！」周可儀拍了一下大腿：「兒童會嘛，超白痴的。」

她把紙推向我，身體往後靠：「但我看不太懂你這張在寫什麼。」

因為中間還有一些，但是沒有寫到你所以我就沒有印出來。

「所以你跟他發生什麼事？」

「你記得兒童會？」我問。

「記得啊。」

「你記得兒童會在幹嘛嗎？」

周可儀聳了聳肩。「我記得外掃區廁所超臭，他們為了要躲在那裡開會所以搶著去掃，神經病。」

「兒童會在一張紙上寫了我的十大罪狀，然後我用那張紙丟薛美琪。她媽來學校找老師。」

「十大罪狀？」

「十個他們討厭我的原因。」

「你說中間還有一些就是寫這個嗎？」周可儀問。

還有一些別的。

「我可以看嗎？」

咖啡店裡的人突然多了起來。這問題出乎我意料，我還不知道答案。

「我沒有帶來。」這是實話。

「我記得你跟我說你爸媽離婚的事。我媽跟那個人那時候也在吵離婚，不是。應該說，他們從我有記憶開始都在吵離婚。我本來以為全世界只有我家是這樣，而且根據我媽說法離婚是很卸世卸眾的事，這也是為什麼就算那個人把我媽揍個半死我媽也不願意離婚。所以我記得你跟我說你爸媽離婚的時候，我內心那個衝擊超大的，因為，為什麼我一點也不覺得你丟臉呢？為什麼我覺得很羨慕呢？」

「我記得後來你說你爸——他們也離婚了。」

「我有嗎？」周可儀皺起眉頭：「哈，沒有，他們沒有離婚，但是有幾次打到警察來了之後，我媽就帶我搬出去住了。一直到我媽走之前他們在法律上都還是夫妻，雖然已經不知道幾百年沒聯絡了。」

「我那時跟你說他們離婚了嗎？哈，大概是我太羨慕你了。」周可儀輕敲著桌面說。

我媽跟我爸離婚之後每週都會見面，他們在曾經的家裡交棒，像一支兩人的接力隊，規律地把我塞進對方手中，跑一場等我長大的耐力賽。我觀察他們，他們交談的口吻，開的玩笑，彼此的距離，稱呼對方的方式，跟我們三人一起住在這個家裡的時候沒有什麼不同。這讓我非常困惑，一度讓我有錯誤的期待，以至憤怒。

「但我覺得你寫得很好耶，因為有點好笑，」周可儀說：「還是因為有寫到我？反正我很少能讀完這麼多字的東西。」她把我印出來的紙稿疊好，在桌面上順了順對齊還給我。

「如果你還想讀下去，我們可以再約。」我脫口而出。

「好啊。」她說：「所以你也有約薛美琪出來，怎麼說呢，」她想了一下：「對質嗎？」

「不是對質吧。」我說。

「不然敘舊嗎？」

「沒有，我沒找他，因為中間提到的小學同學有點多，但是都只是提到而已，一個一個找出來太麻煩了，所以我決定就這樣，如果真的有一天他們讀到我的回憶錄，覺得跟他們記得的不一樣，那我保留可以討論跟修改的空間。」

「律師喔，保留追訴權。」周可儀說。

「是你們可以保留追訴權吧。」我說。

「我不知道，我沒什麼好保留的。」她說：「那你幹嘛找我？」這問題她今天問了兩次。

「因為你是第一個知道我爸媽離婚的小學同學，」我說，心裡想，真的是這個原因嗎，「而且你小學時滿酷的。」我補了一句。

「是吧，」周可儀說，臉上有種故作得意的表情：「我也這麼覺得。」

我跟周可儀約好下次見面的時間。整理東西的時候我發現了一件事：雖然我從小學四年級我爸媽離婚開始寫，有時是人有時是時間有時是事件，但我奔跑的大方向很明顯，它有終點。

197 ——— 196

回寢室後我連衣服也沒換便躺在床上，陳玉恬問我，阿冉你晚自習去哪裡了啊？我有跟舍監說我在圖書館看書，我說。謝宣淇說我下次要帶阿呆去放你位子上，阿呆是謝宣淇的絨毛熊。我爬起來抓著上鋪床沿倒頭探看下鋪，感到自己往前垂墜的髮像一塊黑雲擋下燈管白光，上下顛倒的小空間裡，李嘉欣背靠著牆坐在床上讀書。她抬起頭看我。

你在讀什麼？我問。

199 ——— 198

順時空的過場在技術上讓回憶錄讀起來像小說，在本質上也容易掉進把回憶錄變成小說的兔子洞裡。我那麼急切想跑過那晚的原因很明白，有事發生。既然前方是一片迷霧，怎麼想都想不明白，那麼何不跑得更快一點？

201 ——— 200

○

回宿舍後我拖到最後一刻才進浴室洗澡，出來時燈已經熄了。我站在黑暗裡用浴巾擦頭髮擦了非常久的時間，直到頭髮再也擰不出一滴水。最後我到李嘉欣床邊，屈身親了她臉頰一下，「晚安。」

「喂。」她躺在床上仰著右臉拉住我：「這一邊還沒有親喔。」

漆黑的寢室裡只有窗外遠處街燈幽微的光。我坐回床緣俯身親吻她的右頰，眼前就是她的左頰，我又側過身去親了一次，鼻尖落在她的髮裡。

「你好香。」我說。

世界靜出水來。

「晚安。」我撥開她的髮梢，她沒有說話，我親了她的前額，她的嘴唇輕輕依著我脖子，感覺癢癢的，非常柔軟。

我專心呼吸她的香味，突然發現她正親著我頸間。

我坐起來。我開始親吻她的睫毛，她的鼻樑，她的微笑。

我終於又看見了。

○

把回憶錄其他部分給周可儀看似乎是件可行的事。我發現有一個有點距離的讀者還不賴。

大學時我讀到梭羅，這人在他28歲到30歲之間，跑到森林裡一個叫瓦爾登的湖邊蓋了一間小木屋，住了二十六個月。他回到所謂文明生活後，把那段時間的經驗寫成了《瓦爾登湖》一書，也就是《湖濱散記》。整本書內容大致不出三部分：其一是對當時北美新英格蘭地區農民日常與政治的牢騷，其二是他小屋新生活的細節描述（包括收入支出帳目加上「買貴了」、「買多了」等眉批）與自我讚嘆，其三是他寫得最好的部分：自然。《湖濱散記》是梭羅28歲到30歲的回憶錄，他在開宗明義第一章第一段解釋為何他不像當時的大部分作家避開使用第一人稱「我」的寫作，他寫道：

「我的經驗有限，因此只能談論自己這個主題。再者，我要求每個寫作者應該要簡單而誠實地書寫自己的生活，而不僅是寫一些聽來的，別人的人生。要像他從遠方寫給最親的人一樣，因為如果他可以活得誠實，那一定是生活在很遠的地方。」

從遠方寫給最親的人。梭羅看似想解釋他為何採取了當時少見的第一人稱寫作，但我總覺得他想強調的是「你看我，在很遠的地方過了兩年生活，所以才寫得出這麼誠實的作品。」無論如何，「誠實的生活只能發生在遠方」對大學的我總是一個全新的說法。

「生活在他方」來自法國詩人韓波，他出生於《湖濱散記》出版那一年，這句話源於他的散文詩集《地獄一季》。韓波的原句是「真實的生活缺席了，我們根本不在這個世界上。」我不知道他嗑了什麼，但這句詩最後變形成金句「生活在他方」，鑿開許多年輕人的天靈蓋，成了一張昭告「不可安於現狀」的便利貼，在大至各種革命起義的破瓦斷垣，小到飲冰室茶集的紙盒包裝上都看得到。梭羅的遠方遠歸遠，仍是到得了的地方。韓波的他方可以咫尺，但打定義起就是個你不在的地方。

終究我沒有讀完《湖濱散記》。因為大學時我對獨居在方圓一英里渺無人跡的小木屋裡，吃自己種的馬鈴薯、碗豆與交換來的玉米粉這種事一點興趣也沒有，而且梭羅每三五句就飄出強烈的「眾人皆醉我獨醒」也讓我厭煩。

直到前幾年我讀到一篇稱梭羅為「湖渣」的文章，裡頭引言歷歷證明梭羅是個短視、自戀、前後不一的偽君子，其中最八卦的莫過於梭羅的小屋其實一點也不遠，離他爸媽家走路二十分鐘，大概就是從台北車站西三門走到自由廣場的距離。他在那二十六個月中，平均一個禮拜會走回家好幾次吃媽媽做的餅乾，有時與朋友聚餐，他的媽媽和妹妹也會造訪他的小屋，他還會把衣服帶回家洗。

他很方便地在《湖濱散記》裡省略了這些細節，並用了整整一章來書寫「孤獨」（第五章：孤獨）：「大部分時間我獨身一人，就像住在一望無際的大草原上，就好像亞洲或非洲之於新英格蘭似的……晚上從來沒有旅人路過我的房子或敲我的門，彷彿我是世界上第一個人，或最後一個人。」那股睜眼說瞎話的氣概引起我強烈的興趣，反成了我讀完《湖濱散記》的動機。

湖渣一文出現後，網路上各種梭羅研究會大大小小梭羅粉傾巢而出，有人說梭羅從來沒有隱藏他會回家探訪或與朋友聚餐之類的事，你到底有沒有把書讀完？有人說梭羅的第一人稱「我」其實比較接近詩人狄金森作品的「我」，是一種修辭意義大於自傳意義的「我」（誰知道這是什麼意思）；有人說梭羅的說教與優越其實是一種反諷寫法，據說他的演講可以讓眾人哄堂大笑，書裡有些段落甚至藏了廁所幽默！

然而一百年前的吳爾芙說得最好，她說梭羅寫東西不是為了在最後證明什麼，而是像印地安人穿越森林會折下小枝條以標記來時路那樣，梭羅以前所未見的方式把生活切面，給後來者留下一些記號——如果有人對他走了哪條路有興趣的話。

在吳爾芙的佛光煦煦下，湖渣與否的網路論戰翻不出新意，因為到頭來梭羅變成了一個短視、自戀、前後不一的，真實的人。他侃侃而談「孤獨」之後馬上侃侃而談「訪客」（第六章：訪客），他專心活在自己的世界，看見當下，興之所至，所有的矛盾都閃著前所未見的誠懇光芒。他不是對我們，或甚至像他第一章寫的，對任何親人說話。他寫作的觀點是遠方第一人，對象也是自己，或許還有某種形而上的存在。「『對自己說我』，」梭羅在1851年末的筆記裡寫道：「應是我這些筆記的座右銘。」

寫回憶錄除了記憶力要好之外，還要與此刻保持距離。要想逼近真實，只有不撒謊是不夠的。

「任何熬過童年的人都有足夠支撐他後半輩子的人生素材。」歐康納說。我打開另一個視窗試了幾個關鍵字，最後在歐康納一篇年分不詳的演講手稿裡找到這句話。她演講的對象是一堂名為〈寫作者如何寫作〉課程裡的學生，如果把「」再拉開一點，歐康納說的是：「如今我們聽見一大堆人感嘆說寫作者全跑去上大學了，說寫作者在學院裡活得斯文優雅，而不出去取得第一手的人生素材。事實是，任何熬過童年的人都有足夠支撐他後半輩子的人生素材。如果你無法從不多的經驗裡悟出什麼，那麼有再多經驗也是白搭。寫作者的工作是對經驗做深刻的思考，不是泡在經驗裡。」

從這角度看，回憶錄作者能做的只有精進自己而已。

這就難了。

○

那晚之後，李嘉欣與我甚至沒有開始戀愛。她在熄燈後爬到上鋪來，有時我正緩緩進入睡眠，我記得棉被裡忽忽一縷涼意，然後是肉體的和軟。回神是眠夢的斷裂處，像任意門兩端，有一次我張開眼睛對李嘉欣說：「一張往香港的機票。」說完我自己笑了出來，她用吻回答我，像真正的對話。

白天我們是同學，我跟林孟容一起吃飯回宿舍；李嘉欣跟石晴。我們有時會一起打球，她對我的笑話還是很捧場，真笑起來照樣別過頭去。我不理解這女生怎麼跟夜裡拉開我睡衣撫摸我的是同一人。但我期待她來，她細長的手指與垂眸是全世界最可愛的東西。

李嘉欣瀏海遮住的笑意，李嘉欣端正十字架的鎖骨，李嘉欣摀著我嘴的淡皂香，可愛就是這麼用的。晚飯在學校餐廳我們隔了兩張桌子，左右都是人，但只要抬頭就對上眼。我故意盯著她眨也不眨，她精神躲了一陣後，拿起一顆棗子瞅著我，一口一口吃著，慢得像尊雕像，雙頰是挑釁的粉紅色。

我其實只想看她笑，那時我堅信讓人發笑是一種值得追求的技能。我在筆記本裡寫下種種跟李嘉欣有關，我不理解原因的，可愛的事，像一本田野調查，有時更像一本自助手冊。我搞不清楚我到底是想記得李嘉欣，還是想變成李嘉欣。我媽給我預備了十三年的種種說法在這裡毫無用武之地，兩個神神祕祕的少女間容不下我那後天潤滑功能不良的語言。

第二次翻牆，我坐進副駕，開車的是鐵支的朋友何維光。我對何維光的第一個印象是他的錶，金屬光澤，厚實鏡面，錶裡還有三個小錶。當時我認識的人只有學校屈指可數的男老師會戴這樣的錶，他們都比我爸還老。那錶箍著何維光轉著方向盤的手腕，我將何維光標記為「大人」。

鐵支跟予善在後座的黑洞裡發出我無法忽略的聲音，我一頭鑽進夜晚車子行進時四周的流光殘影與引擎的低頻共鳴，像鑽進一條毯子。

李嘉欣之後，我的人與人關係都粗略依循這個譬喻：我與某人開了一整夜的車。

我們在前座從說自己的故事，到模糊試探，到誤解，到互相確認，一個步驟也沒有跳過。車速維持在九十公里，我們像拓荒似撥開樹叢踩下每一個第一個腳印，伸手進內衣撫摸溫暖的乳房，吸吮，解開拉鍊掏出漲大的陰莖，吸吮，摩擦直到高潮，頹倒在各自座位。

窗外的夜快速後退，我側坐著將上半身蜷進那人握著方向盤的臂彎，用雙手攀著他頸子，他含著油門的腿在我腰下，一輕微抽動我就感受到速度這回事。在把交往過程濃縮進時速九十公里的車內，夜是毯子，不是譬喻。

在那人懷裡，我進入睡與醒交疊的地帶，想起了十三歲時翻牆坐車夜遊後，回宿舍做的一個夢。也不是電影裡做夢的人在漆黑夜裡忽然睜開眼睛，從床上坐起；比較是在隔日傍晚洗澡時，對著鏡中的自己恍惚想起昨夜好像睡得頗淺，接著那個夢的景象、細節、味道、顏色，全部在我閉著眼睛時回流進我的身體。

自從發現聽別人說他們的夢有多麼無聊後，我就很少跟別人說我做的夢了。從某一刻開始，我已經不能同理小時候玩「說謊家」遊戲的晚餐餐桌上津津有味聽著我爸說夢的感受。現在我大致同意那些關於小說裡不要寫夢的忠告，夢在現實生活中已經很難引起別人興趣，更何況在紙上，

儘管小說裡的夢經常是一種安排。格雷安·葛林死前出版的最後一本書叫《夢之日記》，據說是他二十五年來在床頭擺紙筆所記下夢境的自選集。

但這還不明白嗎？我們還能如何變化著形式來記錄熬過的童年與那些人生中橫空出世，在類型上開疆闢土，在背後看不見動機的時刻？

我睜開眼睛。

「嘿，」那人低頭看我：

「你在想什麼？」

你在想什麼？——記憶停在那句話上，像一道刺眼的遠光燈，那也正是何維光對我說的第一句話。那句話取消了他「大人」的標記，將他從背景裡解放，而十三歲的我一定是真的告訴了何維光我在想的事情，那一刻也是我把頭放進烤箱的開始。

我把夢告訴了那人。儘管長大的我已經懂得對那句話充滿戒心，但還是無法克制地在每一次聽到時感到愛。

○

「我小時候也喜歡〈藍鬍子〉這個故事。」周可儀從影印紙堆裡抬起頭來。

我們約在同樣的咖啡店，周可儀拿起那疊影印紙，過了許久她的目光並沒有移動，突然她又抬起頭：「你知道〈藍鬍子〉如果放在我家會變怎樣嗎？」人喚「藍鬍子」的貴族男人娶了許多任妻子，但那些妻子都無端消失了。藍鬍子有事要離開城堡幾日，他把城堡所有的鑰匙給了現任妻子，告訴她可以任意進出每個房間，唯有頂樓的小房間不能去。

藍鬍子一出門，妻子馬上打開了閣樓小房間的門，發現裡面牆上掛鉤吊著藍鬍子所有消失的前妻們，地上滿是血漬。妻子大驚，鑰匙掉到地上沾了血，她關上閣樓房門，想在藍鬍子回家前把鑰匙洗乾淨，卻發現那血漬怎麼洗也洗不掉。等藍鬍子回家後，妻子把鑰匙還給他。

「這個血洗不掉，還有，那個小房間這樣我是要怎麼打掃！」

哈哈哈哈，真的，以前我媽講過一樣的話，我爸朝她丟酒瓶，酒瓶飛過她頭頂砸到後面牆壁「嘩」一聲整個碎掉，地板都是酒跟玻璃，她第一句話是：「地我才剛拖過！」我想說媽啊你的重點是不是太奇怪了，你差兩公分就要死掉了但你的重點是地板？後來我發現她非得那樣說不可，反正她不能說「離婚」，再來說什麼其實都差不多，而且她也需要生氣。

周可儀在咖啡店待了一整個下午，她讀得很慢，在我無法預測的地方有感而發，這裡一點，那裡一點，像個運動比賽的轉播員，毫不客氣地點評各種我制伏記憶的嘗試。

「我覺得你媽這個很酷耶，我也應該來對我兒子試試看。」

我說：「你有兒子？」

「有啊，他很會說話喔。但光用想的就覺得不對他說疊字真的有點難，你看到他那麼小，就會想要說『吃飯飯』啊『坐車車』啊『換布布』啊之類的東東，幹，我連跟大人都會說東東了何況是跟小孩。」

「他幾歲？」

「剛滿三歲。」

「所以他現在在幼稚園嗎？」

「哪有那個錢，現在不叫幼稚園啦，都叫幼兒園。我跟我阿姨住，就是我媽的妹妹，我出門的時候小孩他幫我顧。」

「生了小孩之後，你就會一直想到你自己這麼小的時候，你會想，我要怎麼可以避免他變成我，你知道嗎。」

「所以我一開始就知道我不會跟小孩的爸爸結婚，我不要我的小孩早上到學校跟他同學說，」周可儀翻了一下影印紙：「『我爸媽昨天吵架害我沒有睡好。』哈！」

「你也會一直想，我現在對他做的事，對他說的話，會不會對他有，怎麼說，更遠的影響。」

「什麼意思？」

「就是，比如說，最近他喜歡把衣服尿布脫光在家裡跑來跑去，我一開始說不行！但他怎麼可能聽呢，還是一直脫光啊，我就不管了，因為他看起來超開心的，但我又想，這樣萬一他以後變成暴露狂怎麼辦？就是類似這樣的鳥事。」

她的臉柔和起來。我看著周可儀想，做了什麼或沒做什麼都會有影響；做了什麼或沒做什麼都不會有影響。

「我以後如果有小孩，我應該會跟他講疊字。」我說。

「為什麼？」

「避免他變成我啊。」

周可儀愣了一下，「很會喔。」她說。

「但我不會有小孩。」我說。

「為什麼？」

「在還沒生小孩之前，你怎麼知道你會喜歡有小孩？」我問。

「大概都有點感覺啦，就至少要看到小孩會覺得可愛吧，但說真的是沒辦法知道。」她說：「真的要頭洗下去才知道。」

「會不會有人生了小孩才知道自己原來不想要小孩？」

「有可能。但不能這樣吧，很不負責任耶。」

「有責任感的人也可能會遇到這樣的事。」我說。

第二次翻牆過後沒多久，國一結束。暑假對我爸媽來說很燙手，他們不能只在週末出現，而且我拒絕去任何形式的夏令營。

「露月就是我的營隊。我現在要休息。」我說了類似的話。

他們兩人在我面前總是一副離婚從未發生的樣子，但我可以感覺到我爸與我媽的人生像兩條剛交集過的直線，迫不及待往那再也不相會的無限奔去。

我媽開始往山上跑，她認識了一群跟她一樣離婚的阿姨，每個人手上多出大把大把的時間尋找自己。其中一個叫錢阿姨的女人在陽明山上有幢別墅，我媽跟錢阿姨在那裡舉辦各式令人匪夷所思的聚會。有時她會帶我去，有一次叫做瑜伽之夜，她們全部脫到只剩胸罩跟內褲，趴在別墅頂樓陽台鋪著的瑜伽墊上，抬起屁股對著月亮大喊「下犬式！」有一次所有阿姨都喝醉了，不知道是在哭還是在笑的敏敏阿姨在廚房角落偷偷倒了一小杯粉紅色的東西給我，喝起來像是某種不懷好意的東西假扮成感冒糖漿。我喝完後只覺得臉很熱，我媽發現我像隻貓伏在一樓廁所的浴缸裡打呼。她把我搖醒，跟我道歉，要我絕對不可以把今天的事告訴我爸。

我爸跟乾濕分離的陳阿姨分手，有一陣子似乎沒有女朋友。他帶我出去吃飯，我因為得克制自己不去問他任何有關他跟我媽的問題，總是怒氣沖沖地跟他聊天。

有時我爸會說出像是「你媽不喜歡太親密的關係」、「我跟你媽當工作夥伴比較適合」之類的話，帶著抱歉的表情，蹙眉微笑，或抿唇迴避我直視。我用鼻子「哼」一聲表示聽到了，心中即便有星火的勝利感也馬上被自厭的海嘯推到看不見的地方，回家後反覆思考我爸媽的可能性到底還剩多少，然後在筆記本裡寫下我記得的一切。

放暑假前李嘉欣給了我一張照片，照片裡她跟石晴站在露月大道頂端的老楓香樹下，後方是家樂家樂高積木似的長條灰色建築。李嘉欣穿著一件綠底白點的無袖絲質罩衫與牛仔短褲，我認出那是她春假前學校園遊會那天的打扮。寒假回來她將頭髮剪到耳下，像髮禁年代的國中生。四月，她及頸的髮在陽光下呈暗棕色，有幾綹散在她的側臉上，髮梢因為經常塞在耳後而自然呈現她耳廓的弧度。

那時我對她的可愛開始有些模糊的理論，因為我必須解釋我的沈迷從何而來。她的嘴角微揚不露齒，展現一種節制，與她透露太多祕密的眼睛抗衡。她的膚色偏淡，襯出鼻尖兩側薄薄的紅暈，像是匆匆跑去請人幫她們照相，又急忙跑回樹下站定看著鏡頭。

我從那鏡頭裡盯著她看了一整個暑假，光是看著照片我就要在床上扭來轉去到頭暈的地步，好幾次幾乎以為自己發燒了。我第一次經驗到一種對物的入魔，到最後那張照片裡的老楓香樹、灰色家樂家、露月大道甚至石晴全部都會消失，只剩李嘉欣正看著我，而且只看著我。

我將照片擺在書桌上，我爸媽沒問什麼。我從來沒想過要把李嘉欣的事告訴任何人，我想是因為這件事的本質從未困擾我。若說我有什麼不理解的事，也只有李嘉欣能回答。為什麼可愛？為什麼敢？為什麼是我？

你怎麼跟上帝說？

夜遊後何維光給我他的電話。露月的川堂有一排公共電話，下課與晚自習的休息時間總是排著長長的隊伍。我對何維光產生好奇，那時我好奇什麼樣的大人會對我產生好奇。我第一次打電話時有點緊張，背靠牆握著話筒，盯著前方等電話同學手上的美樂蒂零錢包，銅板喀地掉進機器深處，我聽到何維光說：「喂？」我沒有說話。過了很久以後，我聽到他說：「阿丹？」我說嗨。

一開始他問了許多具象的問題，我的爸爸我的媽媽，我在家裡的樣子，小時候的我，露月的我。他問的每個問題都有對應的答案，對話給我一種圓滑成熟的良好感覺。他問我你快樂嗎？我告訴他我有時候會想到自殺，但我不是真的想死，我只是想如果我死了的話會怎樣。

你為什麼不真的想死。他說。雖然聽起來是問問題，但他說出來卻不像問句。這種時候我覺得跟何維光聊天會到一個我沒去過的地方。我爸媽會傷心吧。我說。我突然發現，我想到死亡的原因是覺得自己在世界上沒有用處，而我不真的去死的原因是不想我爸媽傷心，那表示我還有點用處。這不是很矛盾嗎？但我沒有說，因為我很快發現何維光對我的感覺一點興趣也沒有。

過了很久我才了解，聊天時突然發現自己到了一個沒去過的地方不一定是好事。我以為進了大觀園，但在私語言的空間裡，大觀園與暗巷無異。在那裡霸凌毆打強暴經常被當成灌頂醍醐，混亂痛苦自厭則被看作存在的證明。

這麼說好了，我小學五年級的社會科老師是個姓唐的先生，約莫五十歲出頭。他上課只做兩件事，一個是一字一字唸課文，一個是叫人上台回答問題。一字一字唸課文很好理解，就是字面意思。回答問題就不一樣了，他坐在黑板前的椅子上，伸手隨便一指，被他點到的人必須走到台上挨著他站好。他的問題大概是：

你叫什麼名字？

林上竹。

嗯，這名字好。上好的竹子。是你爸爸媽媽給你取的嗎？

我不知道。

自己的名字怎麼來的都不知道，以後還會對什麼感興趣嗎？像我，我的名字是照族譜排的，加上「文」一字，你知道是什麼意思嗎？

不知道。

文就是文章。我的祖父希望我以後會讀書會寫文章，這樣知道嗎？林上竹，你長大以後想做什麼？

林上竹看著唐先生，尷尬地笑著搖搖頭。

我在你這年紀啊，已經知道自己將來一定要當老師了，我從小成績好，老師經常派我去指導同學，我就知道自己是當老師的材料。男孩子要想這問題啊，男孩子將來是要養家活口的。你們女孩子傻傻地什麼都不知道，那也沒關係，但至少要把自己打理好，要有個女孩子家的樣子，將來才能找到好對象。老穿運動短褲幹嘛呢……這是什麼？口香糖。

上課不能吃零食，我收起來，如果想拿回去下課來辦公室找我。

大致如此。所以回答問題並不是字面的意思，唐先生的問題是個鉤子，等著把林上竹強行拉進他的語言裡，在那裡林上竹給戴上了無知與失敗的頭套，有一整隊思想的兵準備毆打她。這事發生在台下四十個小兒圓眼睜睜的課堂，你可以想像林上竹同學獨自在唐先生辦公室裡將面對的問題嗎？你可以想像年輕的唐先生許先生吳先生在密閉的車廂在單向的話筒裡對更年輕的你說的話？或你可先想像林上竹放在運動褲屁股口袋裡的口香糖為何會神奇地出現在唐先生手上？

小學五年級的林上竹比我幸運的是，她一點也不喜歡唐先生，她下台時對著全班吐舌頭用嘴型說：好噁喔。然後回到她的座位，旁邊掛著的書包裡有一整條的口香糖，她永遠不會踏進唐先生的辦公室。

暑假我把自己關在家裡，週間白日家裡只有我一人，我媽或我爸偶爾會打電話回來，有次我媽跟客戶約在附近餐廳，中午突然帶吃的來給我。何維光有時會把車停在我家巷口，我們在車子裡聊天。我們的對話開始出現變化，很快發展出一種模式，他問我答，他說我聽；我問的時候他說，我說的時候，沒有這種時候。

我告訴何維光我爸媽離婚了，我到現在還是不太確定他們離婚的原因，週一到週五我住在學校，週末我回到家裡，爸媽輪流出現，如非必要我不跟他們說話。何維光說：在你們的世界裡，唯一的系統性存在是你自己，你們沒有串起其他東西的能力。

我告訴何維光我們歷史老師上課很無聊，功課很多，只會叫我們看課本，有一次黃怡寧故意把一整段的宋徽宗都唸成宋徽宗，大家都在偷笑，他也沒有發現。何維光說：你們只會抱怨，不想自己解決問題。歷史是思辨，不只是故事。

我告訴何維光我喜歡他。何維光說：你們感覺到強烈的喜歡，卻不知道要如何活在那個喜歡的狀態裡。導致所有喜歡都是速食化的，來得快去得也快。

我沒有說話。何維光說：你們的語言反映了你們的貧乏。

我不知道為什麼他要用「你們」，有時候我暗自認為我不屬於那個「你們」，但無論如何，我覺得他說的真是他媽的對極了。我把他的話寫進筆記本裡，連「的」字也不願意遺漏。

有次在車裡我問何維光要不要上樓。他用一種耐人尋味的表情看我，說：「你知道你在說什麼嗎？」何維光唯一一次進到我家是借廁所，他從廁所出來後我們又回到車上。他問：為什麼你家浴缸上掛了三件雨衣？我想說「所以呢？」卻只結結巴巴地從我爸媽講到陳阿姨講到她家乾濕分離的廁所最後還提了一下家樂家的浴簾。何維光說「你重新發明一次輪子耶。」我哈哈大笑，覺得自己好像快要懂得何維光在說什麼。

當然我不懂。何維光問了我許多問題，說的話我經常聽不懂，不過他的眼神表情動作很明白。經過一段百思不解的苦悶日子，我了解跟何維光相處只要靠事實，不需要大腦，只要敘述，不需要感覺，因為我的思考對他而言是狗屎。思考是他的專業，他要聽故事，他要下評斷，不過我的人生太短，他問的某些問題他就是答案。遇到這種問題我會感到特別緊張，好像心愛的偶像即將遭到詆毀但我卻一句話也無法替他辯駁，好像眼睜睜看著我家杵在大火的下風處。

那個夏天一個濡濕的早晨，我上廁所時發現內褲上出現一小塊乾涸的咖啡色痕跡，上頭有一點帶著新鮮血絲的晶瑩蛋清。

自我有記憶來就知道月經是什麼，我媽從不浪費任何讓我懂事的機會。在我媽進公共廁所間還得帶著我的時候，我總是非常期待可以近距離看到她的月經。「對，這些之前是子宮內膜。」「對，都是從陰道流出來的。」「沒有，這種流血不會痛，也不用消毒。」她冷靜到近乎淡漠的確認不知為何總是可以讓我感到安慰。

這麼說有點突兀，但長大後我發現近似的體驗是讀小說。生活裡那些隱藏的轉折，小說把它們移到你眼前，給了它一個好位置。注視那些地方安慰了我，讓我回過頭來理解了生活。小說就像那跟我關一間廁所時陰道靜靜流著血的我媽與她的子宮內膜，不大聲疾呼也不雄辯滔滔，讓我就看，等我提問，給予確認，像個稱職的觸媒引起一連串的化學反應後全身而退不留一點痕跡。

我把內褲脫下來用清水與肥皂洗乾淨，換上新的內褲，到我媽房間抽屜拿了一片衛生棉，把衛生棉貼在內褲上。我幾乎要一蹦一蹦地，感覺終於拿回本來屬於我的東西。想打電話給我媽，但這種近乎反射的念頭突然讓我覺得很不爽。

我在地板上躺下來，想像好幾個月後某次我媽來住時我不經意地說：「喔對，我月經來了。」好像在說巷口新開了一家飲料店。很好。什麼時候？我媽問。好幾個月了，我說。

我媽的第一次月經是個很好聽的故事：小學五年級的她被同學告知裙子後面髒髒的，班上沒人知道那是什麼，她的好朋友拿布沾水幫她擦掉，過了一節課後又冒出來。「坐到水彩嗎？」「今天沒有畫畫課啊。」「坐到李子嗎？」他們小學教室外有一棵結果的李子樹，土地上涼椅上鞦韆上常有被踩得稀爛的果皮汁液。有可能。「又出現了，下課不要去那裡盪鞦韆啦。」我沒有啊。「你今天便當有帶紅糟嗎？」沒有，但是陳建與有。「陳建興！你幹嘛拿紅糟弄他啦。」我沒有啊！

我媽裙子後面每節下課都會再次出現的髒污是那天他們全班的世紀之謎。同學們七嘴八舌提出各種匪夷所思的可能，就是沒有人想到是我媽。但我自己每堂下課後就更確定，是我。我媽說。因為我感覺我的下面，那時不知道是陰道，就是下面在流汗，有點像很慢很慢的在漏水那樣的感覺。但我不好意思說，也沒有去廁所看，因為看我小學同學猜得那麼認真，我不想掃他們的興。

到放學前我媽的裙子會自己變髒已經是一個現象，大家都以一種等待顯靈的心情在關心她。一放學我媽像逃難一樣飛奔回家，確定是自己在漏血之後哭著去找我外婆，我外婆拿了一片碎布給她，對她說：「對今仔日開始，一切攏是了然。」

這麼歡樂的故事最後停在一句詛咒上，而且還是可以一代傳一代的詛咒。我想替我媽跟我找一個破解咒語的方法。也許那句話是外婆講給自己聽的。我媽聽我這麼說便笑了出來。

夏天濡濕早晨穿著貼著人生第一片衛生棉的內褲倒在地板上的我，接到了何維光的電話。我拿起家裡鑰匙，順著樓梯扶手穿過陰暗的樓梯間，到了一樓按開鐵門，瞬間彈進白晝殘影，眾鳥啁啾。我跑向那車，何維光從駕駛座伸過手替我扳開車門，急速酷涼的車裡，玻璃窗剛好切出一段電線桿與電線。

我不太記得一開始他說了什麼，我坐在副駕上，貼著我陰部的衛生棉不斷提醒我我可能正在流血，我以憋尿的力氣坐在那裡，但感受除了異質的扎刺外別無其他。我看過我媽撕下的棉片，像一片飽滿多汁的西瓜。

如果流了那麼多血我怎麼會一點感覺也沒有呢？我有種想拉開褲子往裡看現在到底是什麼狀況的衝動。

今天發生了什麼事嗎？何維光突然問。

我看著他，想起了爸爸媽媽和餐桌上的說謊家遊戲。

我月經來了。我說。

何維光的嘴角微微動了一下。然後他抿了抿唇，拉平那個笑意。一個忍住的、帶鄙意的，輕浮的笑。

被騙了！

在偶爾還會被大人抱在手上的年紀，大概是四歲吧？有一次我跟巷子裡的鄰居小孩們玩捉迷藏，其中一個小孩他讀大學的表哥也跟我們一起。我跑來跑去扭了腳，輪到那大學表哥當鬼，他問我要不要這一輪先休息一下跟他一起當鬼。我跟著他到了鬼數秒時待著的一樓樓梯間。他問我：你腳會痛嗎？要不要我抱？

我看著跟我爸差不多高的他對我伸出的雙手，心想：應該跟給爸爸抱一樣吧。

我對他張開雙手，他一把抱起我，一邊大聲數著1、2、3、4、5……一邊將撐著我屁股那隻手的指頭伸進了我裙裡的內褲。我不知道他在幹嘛，但我知道這跟給我爸抱不一樣——被騙了！——我掙扎要下來，他一手將我夾在他身體與上臂間，另一手胡亂地沾了自己口水再伸進我內褲裡。因為非常不舒服所以我拼命扭動，他抓不住讓我溜了下來，我馬上跑出樓梯間，一路往上跑到了頂樓。

日正當中的公寓頂樓有一些施工留下的磚牆與土堆，我躲到磚牆後面，掀起裙子拉開自己內褲想知道他剛才對我做了什麼。我挖出一些黏黏的東西，聞起來很奇怪。整件事都很奇怪。我將手指上的東西來回塗在磚牆上後，穿好內褲便下樓了。

至此我沒有告訴過任何人，也不曾寫下來，那是純度很高的記憶，從未和文字交配或與口語相染。經驗連結與想像力是我理解這世界最初的工具，四歲時最棒的方法。然而這兩件事可說是經驗連結與想像力的詐騙——我以為給他抱會跟給爸爸抱一樣；我以為告訴他我今天發生什麼事會跟告訴爸爸媽媽我今天發生什麼事一樣——發現「被騙了！」那一刻隨之而來的是深深的羞恥感。我無法避開想像力詐騙，但四歲的我幫助了十四歲的我迅速理解這事。

是第一次嗎？何維光問。

不是。我說。

你第一次是什麼時候？

小學五年級。

同學告訴我裙子後面髒髒的，班上沒人知道那是什麼，我好朋友拿布沾水幫我擦掉，過了一節課後又冒出來。「坐到水彩嗎？」今天沒有畫畫課啊。「坐到桑椹嗎？」我小學教室外有一棵桑椹樹，地上啊涼椅上鞦韆上常有被踩得稀爛的桑椹。有可能。「又出現了，下課不要去那裡盪鞦韆啦。」我沒有啊。「你今天便當有帶紅糟嗎?」沒有,但是朱國軒有。「朱國軒!你幹嘛拿紅糟弄他啦。」我沒有啊!

我裙子後面每節下課都會再次出現的髒污是那天我們班的世紀之謎。同學們七嘴八舌提出各種匪夷所思的可能,就是沒有人想到是我。但我自己每堂下課後就更確定,是我。但我不好意思說,也沒有去廁所看,因為看我小學同學猜得那麼認真,我不想掃他們的興。

到放學前我的裙子會自己變髒已經是一個現象,大家都以一種等待顯靈的心情在關心我。一放學我像逃難一樣飛奔回家,確定是自己在漏血之後我去找我媽,其實我很早就知道月經是什麼,但真正發生的時候不知為何我完全沒想到。我媽拿了一片衛生棉給我,跟我說:「沒有關係,從今天開始你就真正知道了。」

你肚子會痛嗎？何維光問我。

會。我說。我想上去休息了。

一關上家門我站在玄關連鞋都沒脫便拉開自己內褲，看見衛生棉從兩側往內擠成我緊張憋尿的形狀，像一片皺巴巴的雲朵，一滴血也沒有。

年少時崇拜偶像，此事恐怖之處在於，那個夏日早晨在車裡最讓我感到羞恥的不是被騙，而是月經。

○

「這個何維光幾歲啊？」周可儀問。

「那時候，二十幾吧。」正確地說是二十五。

「他現在在幹嘛？」

「現在嗎？大概在吃飯。」不知道。

周可儀笑了一下，就一下。

「他以為他是誰啊。你那時候是中邪嗎，為什麼會喜歡他？」

「你可以把整件事想成是一個趁虛而入的邪教。」

「而且一個二十幾歲的人對國中生那麼有興趣要幹嘛？拜託不要告訴我你被他吃了。」

「我沒有。」沒有被吃但被殺了。不管哪一種都很糟糕。

「那你會找他出來敘舊嗎？」

「不會！」我大聲地說，說完後自己嚇了一跳。周可儀仰頭給我一個斜眼。

我有一種又靠近回憶錄結局一點的感覺。

「這個，」周可儀指指其中一段：「變態真的很多。你記得一心國中那條路上有個客運站嗎？」

我點頭。

「有一台計程車老是在同一個時間停在客運站再過去一點的大馬路邊，大概就是我們上學的時候，那個司機會把駕駛座弄倒躺在那裡打手槍，而且車窗一定搖下來。然後有國中女生經過時他還會躺在那裡說『妹妹，你看』。我第一次看到嚇了一跳趕快走開，後來走同一條路上學的女生都知道那台計程車，大家還會互相提醒要繞到馬路對面，不要經過他車窗旁邊。有一次有一個國三學姐買了一杯超大杯紅茶冰，在那個變態說『妹妹，你看』的時候把整杯超大杯紅茶冰倒進去說『看你懶叫啦看』，大家都覺得真是太帥了。」

那個變態從此沒再出現了嗎？

「怎麼可能。隔天那台計程車又停在那邊啊。所以我們都要那個學姐不要再走那條路，要保護自己。」周可儀在桌面上順了順一整疊影印紙，放在我面前。

「你還跟李嘉欣在一起嗎？」

「沒有，他國三轉學了。」

「我想也是。都那麼久以前的事了。」

國一升國二的暑假李嘉欣到加拿大親戚家住了兩個月，回來後加拿大變成208寢室六人夜間聊天時李嘉欣口中那「乾淨明亮的地方」，因此國三開學時她沒有出現我並沒有太驚訝。我跟她熄燈後的關係正式進入夢的領域。我問了208寢的大家，高英華給我一個電子郵件住址，「聽說她結婚了，住在溫哥華。不過我也很久沒跟她聯絡，不確定對不對。」高英華傳來這樣的訊息。

在咖啡店分開後，我跟周可儀便沒再見面。偶爾臉書出現她邀請我玩「動物泡泡」的通知。她沒再問我「還有嗎？」也許她已經問了所有她想問的問題，知道了所有她想知道的事，而我的回憶錄離她越來越遠，也越來越不好笑了。

我將把所有關於李嘉欣的部分剪成一個文字檔寄出去。沒有回應。或沒有收到。都不是我拒絕就能避免的事。

○

露月中學每天兩節晚自習是我寫東西的時間。我在筆記本上寫下何維光講的每一句話，以及李嘉欣做的每一件事，我決心把他們變成我所擁有沒有人可以奪走那無比踏實的東西。七點第一節晚自習鈴聲一響，像馬拉松鳴槍，起點是上一次闔上筆記的時刻，我坐在教室角落，以筆為腿，分秒為單位，在紙上開跑。

「放學爸爸到學校接我，帶我去買了雞腿便當跟燒仙草然後我們就回家了，他沒有買，他說他不餓，我一聽到就知道他等我吃完就會出門。吃飯的時候我打開電視，他坐在茶几旁邊的沙發上看報紙，他問我學校怎麼樣，那時候電視上剛好有很吵的廣告，我假裝沒有聽到，他就沒有再問了。後來他說我吃太慢了，就把電視關掉。我說我不想吃了。他說沒關係先收起來放電鍋，晚一點想吃就可以吃。我就說我要去大便跟洗澡，後來我在馬桶上讀書的時候，他來敲廁所門說我要出門去找朋友晚一點回來，我不想回答，他又敲了一次說妹妹？我就說喔。之後我就聽到他關門的聲音，再來就是樓下關車門的聲音，車子發動的聲音，車子開走的聲音。我就把書收起來去洗澡了。洗完澡拿衣服的時候書不小心掉進馬桶裡，我趕緊撿起來用吹風機吹，還好只有左下角碰到水吹一吹就乾了應該不會被圖書館發現。晚上我打給何維光，他接起來就說，你終於打來了。我們就開始聊天，我喜歡跟他聊天，可以讓我想很多，他說鐵支跟予善跟他借車出去玩了，所以他沒辦法出門。他問我剛才在幹嘛，我說我在洗澡，今天是我爸來接我，但是他現在出門了。應該是去找他女朋友。他問我你看過他女朋友嗎？我說看過啊，他說漂亮嗎？我說我不知道，滿漂亮的吧。他說那你吃飯了嗎，我說我爸帶我去買了雞腿飯，但我還沒吃完。他說那我們可以一起吃飯，我今天吃炒麵。其實我本來沒有想再吃，但是聽他這樣說我就去把雞腿飯從電鍋拿出來坐在客廳吃。我跟他說剛才洗澡的時候我的書掉到馬桶裡，他說哪一本書，我說寂寞的十七歲。他說你怎麼會看那一本，我說我在學校圖書館推薦書那區看到的。他說你喜歡哪一篇？我說應該就是寂寞的十七歲那篇吧，不過我覺得其他幾篇也都滿好看的，像金大奶奶還有讓我們看菊花那篇。最後面幾篇我比較不喜歡。他說最後面那幾篇比較意識流。我說喔，他說你不知道我在說什麼嗎？我沒有說話，他說意識流就是去寫主角腦袋裡想的事，因為想法會跳來跳去，有時候會比較難懂。聽他這樣說我就懂了。」

「剛才晚自習結束後我在川堂打電話給何維光，一開始他好像心情不太好，他說他今天上班時在電梯裡聽到兩個化濃妝的女生很興奮在討論下班要吃什麼，好像突然發現他也在電梯裡就不講了，後來其中一個女生開始哼歌，就是那種很輕的，完全聽不出來在哼什麼歌的，何維光說那像是一種『瀰漫在空氣中的贅字』，他公司在十五樓，他說他在電梯下到一樓之前差那麼一點點就要叫那女生『閉嘴』。電梯門開了他馬上衝出去，回公司時他發現那兩個女生又站在一樓等電梯，他就爬了十五樓樓梯回到辦公室，很累。聽他講這種事我就會想不知道他會不會也覺得我說話像『瀰漫在空氣中的贅字』。他說『算了，還好你打電話來』。我不知道這是什麼意思，但讓我心情很好。」

「昨天跟何維光講完電話時突然下起大雨，後來我又坐在川堂的牆旁邊寫東西，雨太大了，一些雨滴噴進來弄溼了我的筆記本，我只好走回教室寫，但為了避免舍監發現晚自習結束教室燈還開著，我只好關燈拿講台抽屜裡的手電筒出來一邊照一邊寫。寫完後發現已經快十點了，傘桶裡的傘都被拿光了，我把筆記本留在教室抽屜裡，決定用跑的回宿舍。下樓梯經過黑漆漆的川堂知道我看到誰嗎？李嘉欣。她叫住我。我問她怎麼會在這裡？石晴呢？她說她把樂譜忘在琴房，石晴有事先回去了，她在琴房又彈了一下子，突然聽到外面下大雨，她也沒有傘，只好站在這裡等雨小一點再走。我說已經快十點了，雨還是這麼大，我們用衝的回去吧，反正回寢室再洗澡就好了。李嘉欣說那我的譜怎麼辦，我說放回教室啊，我剛才才從教室出來。我跟她走回教室，夜晚有一種魔力，一路上我很想牽她的手，也怕我會做出什麼蠢事。我站在教室外面等她進去放譜，然後我們就下樓，我看著大雨中沒有人的露月大道，我說，要衝了嗎，她說，好！然後我們就衝進雨裡。一開始我還舉起手遮頭，但發現根本沒差就不管了。我啊啊啊的一邊跑一邊鬼叫，我在雨聲裡聽見李嘉欣的笑聲，她跑得比較慢，我就一直回頭，突然她跑上來牽我的手，到後來我們也不跑了，就牽手走在露月大道上。雨水從家樂家的方向流下來，有點像一條小河，我的鞋子襪子衣服褲子都緊緊貼在我的身體上。突然李嘉欣從後面抱住我，她抱得非常非常緊，我覺得她的胸部好像有骨頭一樣刺著我的背。我也轉過去抱她。抱著她的時候我突然尿尿了，一開始我想憋住但後來想算了，甚至還用力擠。雨聲很大但又很靜，雨很冷，但我的尿是熱的，沿著我的大腿流進我的鞋子裡，那感覺很奇怪，很不應該又很舒服，長那麼大我從來沒有過這種感覺。我跟李嘉欣說，我跟你說一件事，我尿尿了。李嘉欣噗哧一聲笑了，但我知道她不是在笑我，因為她還是緊緊抱著我。她抱著我說好噁喔。然後我就把所有的尿都尿出來了。這時候我看到後面遠遠的好像有人從教室那個方向走過來，我從那把超大的雨傘認出是高中部的舍監，就拉著李嘉欣往上跑，家樂家門口的燈非常亮，有一些人在交誼廳裡讀書，我們就放開手了。回宿舍後我先去洗澡然後洗衣服，也洗了鞋子，李嘉欣進來刷牙洗臉時一直偷看我笑，我一直對她皺鼻子，熄燈時舍監在浴室裡要我快點回寢室，我跟她說我淋雨回來所以必須洗衣服跟鞋子，她說那水開小聲一點就走了。我一直到快十一點才上床睡覺。」

「昨天晚上何維光打來說他想通了，他說我們這種人的存在對他就是一種嘲笑，他說我再十年就會變成路上那些掛著名牌用塑膠袋提手搖飲的上班族，夢想是開一間自己的咖啡店，他說他一想到我會變成那樣就非常噁心，他說我以為自己很特別但其實跟其他人都一樣，他說他沒辦法跟我說話了，他說我會消耗他的能量。我握著話筒一直哭，又不想讓他知道，最後他說就這樣吧，不要再打電話給我了，然後就掛了電話。他一掛掉我就知道我完蛋了。我在電話旁邊過了很久的時間，慢慢的好像沒辦法呼吸，我還是在哭，而且停不下來，我想起輔導老師說轉移注意力是遠離憂鬱的一種方法，我開始大聲唱歌，從我會唱的流行歌開始唱，唱到後來流行歌唱完了開始唱音樂課本裡的歌，唱完了唱小學合唱團唱過的歌，海鷗跟麥田，然後是兒歌，唱的時候我就想下一首要唱什麼，唱到最後我知道的歌都唱完了我開始唱國歌跟國旗歌，最後我再也想不到歌可以唱了，就趴在地上開始沿著磁磚的線爬。我一邊爬一邊哭，覺得很傷心，覺得自己像個怪物所以很傷心。爬來爬去最後我爬到廚房，站起來拿水果刀割自己的手。我以為我睡著了，醒過來的時候水果刀還在旁邊，我手上的血已經乾掉了，我到浴室沖乾淨，傷口很痛，我用酒精消毒跟繃帶包起來，然後換了一件長袖。半夜一點多的時候我躺在床上聽到媽媽進家門的聲音。」

以上是我讀到爛熟的筆記本其中幾段。我想了很久，決定把它們放在「」裡。

試想十本這樣的東西。

在電影《火線追緝令》的後半段，兩個警探第一次進到凶手John Doe的住處搜索。當時電影已經帶著觀眾看到連續三個人被John Doe以極變態殘酷的手法折磨殺害後的慘狀，但當警探坐在昏暗公寓房間的沙發裡翻閱手裡的紙頁，腳邊散落堆疊著John Doe數不清的，寫得密密麻麻的筆記本，用低沈的聲音說：「書櫃上有兩千本的筆記本，每本大概250頁……沒有日期，擺在櫃子裡沒有可辨識的順序，就只是他的想法，一股腦地傾倒在紙上。」我馬上就在那個層次同理了John Doe。

國二結束前何維光與我完全斷了聯絡。有時我想在夜裡哭泣，而李嘉欣讓夜裡哭泣變得荒謬。漸漸地，我想到寫何維光的部分開始快轉，彷彿多看一秒就要記起什麼可怕的事。如今想來那不是看見何維光說了什麼，而是看見那個振筆疾書的自己，用我現在的說法大概是「賤人就是矯情。」儘管如此，有些時刻仍重擊了我的價值觀，比如說，我明白自己在本質上不是自殺的人，但那一晚不是好奇，不是不小心，不是一回神已經跳船，我是奔向那把刀的。我也想起了予善。

似乎沒有哪個確切的一天我決定就此不寫，但在國中畢業的夏天燒掉所有筆記本之前，我已經停止記錄，且計劃要燒掉筆記本一陣子了。我這麼做的原因是害怕。我越寫越害怕，越讀越害怕。怕什麼呢？當時我沒有能力也沒有語言可以去認識，但那個害怕很清楚，只有不寫與不讀筆記本才能抵抗。

時間斷成一線之後，越走遠就越能看見那些都是時刻的標本，在我用文字把他們釘在平面上時他們就死了，無論我讀到的東西多麼美麗，多麼擬真，多麼活，都是屍體，他們沒有生命。生命是什麼你知道嗎？是那個將一刻活成一個宇宙的人。對，就是人。這些時刻在沒有記錄下來之前是人，寫出來之後就變成屍體了。但這不是我所害怕的，記錄最可怕的是，他們會回頭吃掉那些時刻，覆去那些時刻，最後變成唯一的時刻。我注視那些屍體，他們長相是我愛的人，但不是。我卻不知道哪裡不是。

我無法克制不去讀。我越讀便越忘記這些文字所要記錄的事，我以為我寫是為了記得，卻越寫越忘，到最後越寫越長，害怕遺漏了任何一個微小的細節，任何一閃即逝的感覺。在剛寫出來，那些字與句剛被生下的時候，這些文字與它們欲再現的人間有一個共存的片刻，像渾沌的初始，逢魔的黃昏，我會突然看見記錄與人間的不同處，甚至可以一個一個指出來，我像抓住浮木一個一個修改，希望記錄可以再靠近人間一點，就這樣，一點一點，很快的，一切只剩下記錄。

我本來打算把筆記本撕碎丟進垃圾車，但一想到它們仍以某種形式存在某個地方，我就可以看到每一個字所在的頁面與位置，我也無法把它們埋進土裡或是裝在放了石頭的塑膠袋沉入水中。燃燒成灰燼是那時我能想到最接近消失的做法，於是在一個陰暗的白日，我走到一心里公園的觀音廟，在供桌上放了一包餅乾，把十一本筆記本丟進廟後方的金爐裡，並站在那裡看了一陣才離開。

○

263 ——— 262

路易斯・卡羅在〈希維與布魯諾完結篇〉裡寫到一個來自遙遠星球的訪客，造了一張1：1的地圖，但地圖從未打開，因為「農夫都在抗議，他們說地圖會蓋住整個國家，擋住所有的陽光。所以我們現在把國家本身當國家地圖來用，而且我跟你保證效果一樣好。」波赫士有個只有一段的小故事〈論科學之嚴謹〉，描述了一個地圖製作能力強大的帝國，繪製了一張跟帝國一樣大小的帝國地圖，每個落點都對得恰到好處，但正因為太巨大，這幅地圖毫無用處。那些不如他們先人一樣執迷於製圖學的帝國後代，讓這張地圖飽受烈日與寒冬的摧殘，如今在西方的沙漠裡，仍有這張地圖的殘餘，或成動物與乞丐的棲身處，帝國裡再也沒有地理學的其他遺跡。

為了鋪天蓋地記得而寫，為了鮮靈活現記得而不寫。但到頭來，能讓你明白自己發生了什麼事的，不是記憶，而是語言。比例尺小於1時，地圖才會現出用處。你必須選擇，必須縮小，必須捨棄，必須創造，必須決定你的位置，必須有觀點。你懷疑世界對你提不起興趣，只好從所在之處出發尋找安頓自我的地方。你變成蜘蛛，變成毛蟲，想像死亡，變成神，俯瞰自己，終於明白人的凝視可貴在它的局限，如同你的地圖。

還有對製圖學的執迷，噢，神祕如烤箱的製圖執迷。

很小的時候我便發現，專長是說話的我媽那動輒兩百個的小故事是會重複的。我在不同場合不同年紀聽見她說同一個故事，她每一次講，過程一樣，譬喻也一樣，甚至連「不，應該說是」、「我做夢也沒想到」這樣的轉折都一樣。可有時候，故事裡的李子會變成桑椹，咒詛變成祝福，可愛正是字面上的意思，不會講台語的講起了台語，最後的謊成了開場白，毛蟲活了而蜘蛛必須死。我說可以不要死嗎，她說你可以自己編一個。我有一種感覺，這些故事在第一次出口時就有了自己的生命，取代了發生的事，之後每再說一次，都是當下再敘述上一段生命的嘗試，而發生過的，嘗試過的，都已經沈到這些重重堆疊的敘述底下，再也不會再出來了。

但無所謂，這些故事仍然好聽得要命，而且即將出現意義，他們支撐著我，我幾乎要相信，那將一刻活成一個宇宙的人如果存在，也會同意我的話。

一心里的那間麵包店不在了，開了路易莎咖啡。我跟我媽約在那裡，我跟她說我的回憶錄快寫完了，我覺得應該給她看一下。我媽說：「寫得完嗎？」我說：「可以吧。」我聽不出來她質疑的是我還是回憶錄。

我跟我爸約在一樣的地方，他說好。

我在外面觀察了很久，我媽先到，點了杯咖啡找位子坐下後開始滑手機。大概五分鐘後我爸走進店裡，他一看到我媽，馬上轉身，走了兩步又突然停住，又轉身，停住，又轉身，最後他好像卡住一樣在那裡大概過了三十秒，彷彿想通了什麼，慢慢地走向我媽那桌，接近桌沿，站著。我媽感受到人影，從手機裡抬起頭，她看到我爸。他們的嘴都沒有張開，我爸拉開椅子坐下來。他們張嘴了，我爸指指外頭，我稍微站進陰影一些。我爸繼續說著，我媽點頭，露齒笑，某一刻換她的嘴張合，我爸點頭，接著我媽低頭拿起咖啡杯，一邊就口一邊看著窗外，我爸也看著我媽注視的方向。他們始終維持著一定的距離。我可以用我包包裡的回憶錄真實性打賭他們從賣掉那個家之後就再也沒有見過面。

「外面好熱。」我爸指指外頭：「你也是被妹妹騙來的嗎？」

我媽點頭，露齒笑。

「他說他在寫回憶錄。」我媽說。

或是：

「那間油漆行還在。」我爸指指外頭：「居然還沒有變成Seven。」

我媽點頭，露齒笑。

「我也很久沒回來了。」我媽說。

或是：

「我有看到妹妹站在那邊，」我爸指指外頭：「他以為自己躲得很好。」

我媽點頭，露齒笑。

「我也有看到。」我媽說。

或是：

「垃圾桶旁邊有一個用紅色塑膠袋包著的信封，」我爸指指外頭：「拿到之後按照上面指示行動。」

我媽點頭，露齒笑。

「小心吧台那個穿背心的弟弟。」我媽說。

沒完沒了。

我走進去，拉了把椅子在他們旁邊坐下，從包包裡拿出兩份影印紙，一人一份放在他們面前。我爸我媽沒有說話，同時低頭開始讀。也許吧台那個穿背心的弟弟會以為我們是趕時間的保險業務跟老客戶。

我看著他們，聽著紙張翻過的聲音。坐在我們旁邊的情侶開始收拾桌面，最後站起來離開了。我爸抬起頭來。

「我記得那個下午。」我爸說。

然後他緩緩說起那個下午，充滿細節，好像他是故意的，好像他必須努力證明他曾在那裡：

「我記得你睡了很久的午覺。你小時候不是很容易睡著，睡著也很容易醒，但那天你睡得好熟，我跟媽媽還在想要不要把你叫起來，因為實在睡太久了。

後來你自己醒了，要我帶你去公園溜滑梯。

「那天下午天氣很好，你以前只要睡飽了真的就是一個很開心的小孩，你玩溜滑梯，盪鞦韆，溜滑梯上有一些旁邊鳳凰樹掉下來的樹葉，你在那裡丟葉子，一次抓一大把丟得很用力，丟的時候就看著我，看我會不會阻止你。我說時間到了該回家了，你就從溜滑梯下來牽我的手。」

「回到家，你聽到媽媽說煮了排骨稀飯還高興地跳起來拍手。我記得你洗完澡，頭髮濕濕的，坐在舊家客廳的小椅子上，茶几上放著排骨稀飯，那時你還在用那個黃色的塑膠卡通碗有沒有，你都說『妹妹的碗』。你就坐在那裡吃，吃到一半突然大聲說『我想跟神說話！』然後說『那我要怎麼說呢？』」

我媽手托著下巴，看著我爸。

「媽媽跟你說，你只要心裡想著你在對神說話就可以開始說了。你聽了以後，慢慢把湯匙放下，雙手放在膝蓋上，像這樣，你沒有低頭，也沒有閉眼睛，你就這樣看著我們，你說，」我爸頓了一下：「『我希望我們大家都能快樂。』」

我感覺有股溫熱的液體浮上眼睛四周。

「妹妹，」我媽說：「我們沒有拋棄你。」

我看著他們的眼睛。

我就那樣看著他們，直到他們低頭再拿起我的回憶錄。

後記

開始寫小說後，我讀到幾乎是西方當代創意寫作第一法則的這句話：Show, don't tell。展示，而非講述。白話一點是「用演的，不要用說的。」意思是要用創作裡的搭景、事件、動作、對話來讓讀者理解，而不是靠作者滔滔的解說。這句話在我寫小說的某段時期比較接近一句廢話，因為我意識到自己不該也無法代言他者經驗時寫的小說自然長成那個樣子。我在感興趣的對象面前，時常看見自己相對於角色的種種特權。想像與創造他們的感受像是一種剝削。因此退出他們的內心轉而剪裁描寫所有其他的部分是我的聲音能夠與他們在小說裡共存的唯一方法。

後來我經歷了從前自己不可預見的階段，突然有一天「用演的，不要用說的」不完全是廢話了，想寫小說的我經常質疑它。我讀到許多動人的小說是那些在「演」與「說」的調配上有獨到之處的小說，它們模糊了甚至挑戰了展示與講述的界線。

「演一個人，也用說的」是這本小說的起點。一個人是誰，直指他如何處理自己的記憶，如何「明白」自己是怎麼到達此刻的。這「明白」包含了一種後設的理解——必須意識到自己的「明白」只存在此刻，有時效與疆界，並將加入無數個前刻成為下一個此刻要處理的東西。在小說裡，用書寫的結構與語言取探記憶，是「明白」的唯一道路，結構與語言正是距離，它展示了記憶的堆疊與隨機，講述了書寫的可能與無能。

但無論如何，我還在想像與創造這對終日被預言就要過時的伎倆裡掙扎要儘可能不挪用他人生命經驗地嘗試一個人能如何不把所有東西寫成回憶錄——這是小說在本事之外發生的事了。

謝謝自轉星球社長黃俊隆對這本小說投入我無法丈量的心力。謝謝航叔、照彬、王師、馬芳、雲平、瓊如、淑涵、佳璘、亦絢、法蘭的閱讀與回應。

謝謝吳佳璘的美術設計，從小說裡「語言是抓到一隻鬼」的概念發想了如此活潑但不天真的封面。佳璘寫下的設計理念非常美，本身就是一段小說，容我節引如下：「……整個回憶的過程，就像是一場鬼抓人的遊戲，回憶是隱藏在陰影中的鬼，面對鬼，大部分的時間人們選擇逃跑和永無止境的追逐，而當開始動筆書寫，完成回憶錄的同時，也意味著我們回過頭抓到了所有的鬼，完整了記憶的碎片。」

謝謝我的家人與朋友做我的土地。謝謝我的媽媽林素鶯女士，你是我小說裡所有帶著善意的大人的永恆原型。

BackLit ······ 做文學背後的光

進烤箱的好日子　BackLit | 01

作者——李佳穎

發行人、總編輯—黃俊隆
編輯——黃俊隆
編輯協力——莊艾凡
美術設計——吳佳璘
校對——李佳穎、莊艾凡、賴譽夫、黃俊隆

出版者——自轉星球文化創意事業有限公司
台北市文山區木柵路四段147-1號6樓
T. 02-87321629 | M. rstarbook@gmail.com
發行統籌——華品文創出版股份有限公司 | T. 02-23317103
總經銷——大和書報圖書股份有限公司 | T. 02-89902588
印刷——沐春行銷創意有限公司 | T. 02-22226570
法律顧問——益思科技法律事務所 | T. 02-27723152

ISBN——978-986-92021-7-6　定價——420元
初版——2024年7月

版權所有·翻印必究

本書若有缺頁、破損、裝訂錯誤，請寄回本公司調換

Published by Revolution-Star Publishing and Creation Co.,Ltd
All Rights Reserved.Printed in Taiwan.

進烤箱的好日子 / 李佳穎文字 —初版．— 臺北市：自轉星球，2024.7．
面；13×19 公分 —（BackLit ; 01）
ISBN 978-986-92021-7-6（平裝）　863.57………… 113008216